50 Tons da Vida

ROBERTO LIVIANU

50 Tons da Vida

Ateliê Editorial

Copyright © 2018 Roberto Livianu

Direitos reservados e protegidos pela Lei 9.610 de 19 de fevereiro de 1998.
É proibida a reprodução total ou parcial sem autorização,
por escrito, da editora.

Dados Internacionais de Catalogação na Publicação (CIP)
(Câmara Brasileira do Livro, SP, Brasil)

Livianu, Roberto.
*50 Tons da Vid*a / Roberto Livianu.– Cotia, SP:
Ateliê Editorial, 2018.

ISBN: 978-85-7480-817-8

1. Crônicas brasileiras 1. Título.

18-22213   CDD-869.8

Índices para catálogo sistemático:
1. Crônicas: Literatura brasileira   869.8

Iolanda Rodrigues Biode – Bibliotecária – CRB-8/10014

Direitos reservados à
ATELIÊ EDITORIAL
Estrada da Aldeia de Carapicuíba, 897
06709-300 – Granja Viana – Cotia – SP
Tel.: (11) 4702-5915
www.atelie.com.br | contato@atelie.com.br
facebook.com/atelieeditorial | blog.atelie.com.br
2018

Printed in Brazil
Foi feito o depósito legal

Dedico este livro a todas e todos que se permitem enxergar e se preocupar com as pessoas, inclusive as desconhecidas. A quem se dispõe importar-se com os demais seres vivos. A quem não desiste de acreditar no amor.

A quem consegue viver no plano da simplicidade e da leveza, que consegue ir além do pobre individualismo, dando mais plenitude e sentido à razão de ser de sua existência, tendo a humildade de aprender todos os dias como se fosse o primeiro da vida e de valorizar a dádiva desta mesma vida, vivendo cada dia como se fosse o último, nas palavras de Gandhi.

SUMÁRIO

Nadadores de Piscina... – *Mario Sergio Cortella* 13

1. O Bingo Natalino do Pirarucu 15

2. Ética da Bandidagem 17

3. Rodoviária 19

4. Festa de Aniversário de Criança 21

5. Justiça Restaurativa 23

6. Assalto de *Bike* 25

7. Amor de Passeata 27

8. Davi Vence Golias 29

9. As Montanhas de Papa 31

10. Um Homem Chamado Luiz Carlos 33

11. Sessão de Cinema 35

12. Vinte e Seis Milhões 37

13. Perdão ao Brasil! 39

14. A *Vibe* da Praia 41

15. A Filosofia da Escova de Cabelo 43

16. Triângulo 45

17. Mãe de Assassino 47

18. O Fogo do Amor 49

19. Noite de Balada 51

20. Festa de Casamento 53

21. Comer para Viver 55

22. As Cores da Feira 57

23. Carrossel 59

24. Meu Velório 61

25. Crime Passional 63

26. 4×3 65

27. Carnaval 67

28. Promotoria de Justiça 69

29. É Dando que se Recebe 71

30. Não Estou nem Aqui 73

31. Mesa de Bar 75

32. Espelho, Espelho Meu 77

33. A Vida Dentro de uma Tela de Cristal 79

34. Padaria 81

35. Reunião de Condomínio 83

36. Mentira 85

37. Academia 87

38. Churrascaria Rodízio 89

39. Furto Famélico 91

40. Flores Amores 93

41. Em Nome do Pai 95

42. O País da Carteirada 97

43. Divórcio 99

44. Chegou o Verão 101

45. E Agora, José? 103

46. Mariana 105

47. Até o Último Grão de Areia 107

48. Cadê o Resto do meu Oxigênio? 109

49. Fotografia 111

50. Leão sem Dentes? 113

Sobre o Autor 115

NADADORES DE PISCINA...

Mario Sergio Cortella

> *O cronista precisa fingir que faz crônica por diverti-*
> *mento e que trabalha por não ter o que fazer.*
>
> LOURENÇO DIAFÉRIA

Três décadas atrás estava eu em uma repartição pública do município de São Paulo para algo que não imaginava ter de fazer um dia: comprovar que estava vivo, assinando eu mesmo uma declaração de próprio punho de que vivo estava, diante de um funcionário autorizado que, na minha frente, me via vivo!

Ao meu lado, tendo de fazer a mesma coisa, mas de modo bem humorado, estava um dos nossos maiores cronistas, a quem li nos jornais e livros com gostosura e atenção, durante muitos anos: Lourenço Diaféria.

Este paulistano, autor de centenas e centenas de escritos sobre o dia a dia, sobre o cotidiano da cidade e do mundo, sobre o nem sempre vagaroso passar do tempo nas nossas vidas mais comezinhas, também tinha de cumprir ali, comigo, um ritual, pois ambos houvéramos sido convidados para palestrar em evento da municipalidade e, para recebermos simbólico *pro labore*, tal desconcertante documento era necessário, e daquela forma!

De modo cúmplice, sussurrou-me ele (a quem não conhecia pessoalmente), sem ser ouvido pelo burocrata, "É..., há situações em que para dar prova de vida era preferível estar morto, dado que contando ninguém acredita"...

Contando ninguém acredita! Pois é exatamente isso que imaginei quando o Roberto Livianu me disse estar reunindo em livro cinquenta das crônicas que na vida teceu, e que o fazia, sem precisar fingir, por imenso divertimento.

Afinal, não parece ser tão usual que alguém, como ele, dedicado a provar que não trabalha por não ter o que fazer, mas que, de fato, trabalha beirando trinta anos de presença ativa no Ministério Público de São Paulo para ajudar a proteger a Vida e combater o possível apequenamento desta por meio de quaisquer formas de corrupção, mergulhasse nessa empreitada partilhante.

Do pirarucu ao assalto, da churrascaria ao furto famélico, da mãe de assassino a Mariana, vai Livianu costurando, cerzindo e pendurando na janela seu mostruário de histórias que, ao seu modo, inventou como autênticas invenções, e das quais, como eu, provando estar vivo, "por ser verdade e dar fé, assina"...

A crônica, e disso também dou fé e assino, exige capacidade de foco certeiro, energia concentrada e fôlego intenso para percorrer, velozmente, pequena distância.

Não é à toa que nosso inestimável Lêdo Ivo, escritor múltiplo e também fazedor de crônicas, no seu *Confissões de um Poeta* (uma autobiografia de 1979), menciona o epíteto do ensaísta Agripino Grieco dado aos que considerava serem cronistas admiráveis: "grandes nadadores de piscina!"

Roberto Livianu nos chama, alegremente, para com ele na água entrarmos...

I. O BINGO NATALINO DO PIRARUCU

O calor escaldante do meio-dia era amplificado pelas telhas tipo Brasilit naquela tarde de sábado no Fazendário. O ar parado fazia parecer uma estufa. Alegre, afinal o período era natalino, clima de confraternização no ar, casais animados com a música ao vivo, com a feijoada comprada nas quentinhas.

Ou o grande tambaqui assado que era atacado nas mesas quando chegava com a deliciosa farofa acebolada amazonense. O cantor intercalava canções locais com músicas de outros lugares, animando a festa, até que Sandra, a esposa de um dos convivas, assumiu o microfone, desafinando pouco.

Podia-se ouvir ao fundo o alarido das crianças se divertindo e lotando a piscina, como se o mundo fosse acabar, o que coloria a tarde. O clima de total descontração incluía o futebol. Alguns jogavam até descalços e as jogadas não eram bruscas, parecendo que a cortesia tinha tragado também aquelas disputas que normalmente eram intensas e muito rudes.

Mas a grande estrela da festa era o pirarucu gigante, quase sessenta quilos, pescado com rede. Todos fotografando, porque sem publicação nas redes sociais o fato não acontece. O *facebook* e o *instagram* certificam que aquilo ocorreu mesmo, nesta verdadeira esfera existencial paralela.

16 ROBERTO LIVIANU

Haveria bingo e o grande prêmio – o pirarucu. O orgasmo coletivo. Como bradava o locutor, seis meses de peixe garantidos. Nas mesas, muita jogação de conversa fora e todo mundo se empanturrando e bebendo muita cerveja. Em períodos natalinos, comemos muito mais que no restante do ano. Parece que nos permitimos comer e beber mais.

Os casais querendo demonstrar harmonia e felicidade para todos, como se vivessem aquilo no dia-dia, como se tivessem necessidade de demonstrar socialmente que estavam bem. Como Carlos e Marlene. Mas bastou ela virar as costas, que ele voltaria o olhar para a jovem, esguia e insinuante cunhã-poranga[1] de longos cabelos negros, olhos amendoados castanhos da mesa ao lado. Tainá. Poucas e justas roupas.

Quase que na forma de um código secreto, eles trocavam olhares naquela sintonia bilateral única por alguns momentos. Carlos viajou com Tainá em pensamento, realizou fantasias, emocionou-se. Seu ritmo cardíaco se alterou ligeiramente. Até o retorno de Marlene, quando, para disfarçar ele pediu licença e foi até ao banheiro.

Gira o globo, começa o jogo, os números se sucedem. Alguns gritam pedindo os seus próprios como se tivessem o poder de influenciar o movimento do globo em seu favor. O bingo avança e os prêmios são conquistados.

Dona Maria, uma senhora de classe média de setenta e poucos anos ganha o pirarucu, emociona-se e é elevada à categoria de celebridade em instantes. Do Rio Negro para o velho sobrado de Adrianópolis. O que fazer com o peixe gigante? Ao chegar em casa, achou ela a solução. Prepararia a iguaria para os pobres do bairro com arroz e serviria na noite natalina. Sentiu-se leve e em paz. Aquele seria um natal feliz.

---

1. Do tupi-guarani, mulher de corpo virtuoso, perfeito, impecável, a mais bela da tribo.

2. ÉTICA DA BANDIDAGEM

Sem Futuro, Alemão, Fuinha e Vai Curintia foram criados na mesma comunidade, onde conviviam desde crianças e logo desistiram de frequentar a escola. A vadiagem e a deliciosa e tentadora vida da rua eram muito mais excitantes.

Ninguém cobrava nada deles. Suas histórias de vida eram todas muito parecidas: famílias desestruturadas, pais desconhecidos ou caídos no mundo, as mães tiveram que se virar para criar os filhos do jeito que Deus permitisse.

Na escola pública, o pouco controle sobre a produtividade foi um passo para a vagabundagem. E assim passavam dias a fio na rua, mentes vazias.

Dali, não era difícil prever o desfecho. No começo, pequenos furtos, passagens pela Fundação Casa e logo de volta para a rua. Mas depois veio o *crack* e então começaram os assaltos e acabaram presos. Estavam no mundo do crime.

Na cadeia, Simão agiu de forma desleal e delatou Fuinha, o que rendeu a Fuinha punição disciplinar rigorosa e retardou seus benefícios, dificultando sua libertação. Vacilar desta forma é pecado capital.

Em liberdade, o bando resolveu vingar o companheiro e organizou um assalto na casa de Simão. Sem Futuro providenciou o veículo, Alemão, as armas e Vai Curíntia organizou a estratégia da ação – o plano do assalto, verificando as caraterísticas do local, os hábitos dos moradores, a rota que fariam no dia e outros detalhes. Fuinha seria o "cavalo" (motorista).

Na noite combinada, a quadrilha se encontrou e foi para a casa de Simão, mas o plano foi imperfeito e ao chegarem na casa, perceberam que estavam no local errado, mas, para não perderem viagem deram voz de assalto e começaram a "limpa". Mas sem notarem, um dos moradores escapou pelos fundos e chamou a Polícia, que em poucos minutos chegou e prendeu os quatro em flagrante.

Todos reincidentes, ainda que por crimes não tão violentos, responderam ao processo presos e chega o dia da audiência diante do juiz.

A prova reunida no processo é muito forte contra eles, sendo reconhecidos pelas vítimas. Além disso os objetos roubados foram encontrados em poder dos acusados. Como se não bastasse, Vai Curíntia, que tinha esta alcunha como criminoso, praticou o crime usando uma camisa do time.

Não sobraram caminhos para seus advogados. Resolveram confessar o crime. Admitiram ter invadido a casa e a subtração dos bens, mas surpreendentemente negaram o uso de armas. O juiz insistia e a história inverossímil era mantida.

O promotor então fuzila Sem Futuro: quer dizer então que você e seus parceiros, todos ladrões reincidentes planejaram assalto a um criminoso e se dirigiram à casa dele desarmados? Não percebe que isto denigre sua imagem de ladrão profissional?

Sem Futuro foi pego de surpresa, pensou no retorno à cadeia onde tudo se sabe, na preservação de sua "imagem", avaliou por instantes aquelas palavras que pesaram como chumbo e jogou a toalha. Solenemente anunciou ao promotor: o senhor tem razão, estávamos armados, sim. Sem saída, os demais o seguiram e confirmaram a confissão.

3. RODOVIÁRIA

Malas, mochilas e sacolas para todos os lados e de todas as cores e para todos os gostos. O corre-corre da rodoviária é sempre frenético, e como o brasileiro deixa tudo para o último segundo, é sempre uma luta contra o tempo.

Os embarques levam histórias de corações partidos, amores perdidos, encontros e desencontros como o de Maria e Gilmar.

Gilmar apaixonou-se por Maria no exato instante em que a viu na estação do metrô. Cabelos longos esvoaçantes, olhos cor mel provocantes, pele morena num corpo todo curvilíneo.

Armou-se de coragem e abordou-a. Ela gostou da atitude, deu o número do celular e naquela semana saíram para jantar. Dali para o namoro foi um pulo.

Mas Maria era volúvel e seu coração, generoso. Semanas após, Gilmar pegou-a em flagrante aos beijos, abraços e amassos num barzinho com o *personal training*.

Gilmar estava na rodoviária a caminho de Cornélio Procópio para passar o fim de ano com a família para suavizar a dor da traição. Para buscar conforto no carinho dos parentes no seu torrão natal.

Kátia empurra com maestria a cadeira de rodas de dona Helena, que do alto de seus oitenta e oito anos prepara-se para visitar sua irmã Claudete, que há muito está internada em um clínica após sofrer um AVC. Com sorriso cativante no rosto e um vestido de florzinhas miúdas, Helena parte para a viagem. Quem observa tem a impressão que ela vai fazer uma deliciosa viagem turística. Está exultante de felicidade, afinal Claudete é sua única raiz familiar restante.

Na lanchonete, a fila é grande apesar dos altos preços. Marquinhos compra refrigerante, pães de queijo, chiclete e balas para toda a turma, que inclui a mulher, filhos, irmão, cunhada e sobrinhos. Afinal a viagem será longa e distante a primeira parada.

As crianças adoram fazer algazarra na rodoviária, deixando os pais loucos de preocupação achando que vão perdê-las. Brincam de esconde-esconde, pega-pega, polícia e ladrão e tudo o que for possível. Viagem excita tanto quanto ou mais que a própria chegada ao destino para a criança. E deixar os pais descabelados de preocupação aumenta a excitação.

Também ali acontecem as despedidas. Os afastamentos. Carlos e Maurício vivem juntos há doze anos e Maurício foi transferido de posto para outra cidade, quatrocentos quilômetros distante. Foi promovido, seu salário melhoraria mas teria que viver longe de Carlos. Era o momento da partida. Ainda que houvesse retornos de tempos em tempos, Carlos sentiria a falta do companheiro, com quem compartilhava sua jornada de vida.

Gilmar, Helena, Marquinhos e Maurício entre tantas outras pessoas entraram nos respectivos ônibus. Destinos diferentes, sentimentos em ebulição no caldeirão da rodoviária. Corações acelerados e eles se afastam em busca do sucesso e da felicidade.

E na próxima hora novas emoções vão compor um novo ciclo totalmente diferente ou semelhante. Quem sabe? Com lágrimas ou celebrações. A rodoviária não se move, mas seu caldeirão está em constante ebulição.

4. FESTA DE ANIVERSÁRIO DE CRIANÇA

As cores das bexigas e a gritaria das crianças dominam o ambiente, sobrando pouco da bela voz do afinado cantor Paulo Sérgio, participante do The Voice Brasil, que agora ganha a vida cantando em festas e eventos diversos, com ou sem aplausos.

O monitor da criançada empenha-se para proteger os pequenos das brincadeiras mais bruscas dos maiores – de suas voadoras, chutes e cambalhotas. Dos saltos no pula-pula misturados com chutes de futebol. Conseguem o impossível: a bola sai dali, cruza o salão e alcança a janela aberta para ganhar a rua.

Mas naquela pacata cidade todos se conhecem, existe menos violência e criminalidade, há mais confiança entre as pessoas e a bola é guardada e imediatamente devolvida ao ser solicitada e tudo volta ao normal no salão de festas.

Riquinho está exultante com sua festa de aniversário. Há dias só falava sobre isso e esperava ansiosamente por todos aqueles acontecimentos. Especialmente pela bagunça com os amiguinhos, pelo colorido da festa e pelo momento grandioso do parabéns em que seria o centro do carinho, da homenagem e das atenções.

O festejo era temático – os super-heróis vingadores. Batman, Homem-Aranha, Super-Homem e The Flash, que provavelmente simbolizavam em sua cabecinha em formação a força suprema, a prevalência do bem triunfando sobre o mal, com suas capas, vestimentas e máscaras superpoderosas.

Naquelas quatro horas não existia mais nada além daquela glória infinita do festejo do aniversário, da correria sem parar, como se Riquinho estivesse totalmente anestesiado das dores e problemas do mundo, de suas chatices e privações. Ali era só alegria.

Nas mesas os convidados apreciavam os salgadinhos encomendados pela mãe de Riquinho. Ela estava apreensiva pois, como era fim de ano, não conseguiu encomendar de nenhuma quituteira conhecida. Teve que apelar para A Quituteira, que acabava de inaugurar e estava preocupada em não fazer feio com os convidados.

Mas os maxilares em atividade contínua evidenciaram que Adriana acertou. O calor estava escaldante e fez com que os convidados fossem para fora do salão em busca de uma brisa que passeava por ali.

Criaram-se dois ambientes, mas isto em nada abalou o sucesso da comemoração, especialmente porque na hora do parabéns todos se juntaram para cantar juntos em homenagem ao aniversariante.

Os celulares disparando muitas fotos e filmagens, com transbordamento de felicidade. Todos os convidados queriam tirar fotos com Riquinho, o rei da festa. O Vovó Regina também era só alegria, apesar de sentir muito a falta do companheiro Laercio, falecido já há cinco anos.

A careca do papai Ricardo estava reluzente como seu sorriso. A foto da família reunida ao final do cântico era o registro para a posteridade. Muitas felicidades, muitos anos de vida... as palavras mágicas brincavam junto com os convidados. Riquinho beijou o pai e voltou para a algazarra.

5. JUSTIÇA RESTAURATIVA

Antônio era o filho mais novo de oito irmãos. Nascido em Nova Lima, região metropolitana de BH, teve infância humilde mas nunca faltou afeto nem alimento na mesa.

Sua mãe, Maria Antonieta era costureira e dava um duro danado para nada faltar aos filhos, para que todos estudassem, para que se sentissem amados, protegidos e amparados.

Flávio, o pai, morreu prematuramente em acidente do trabalho, na obra em que trabalhava como peão, na construção civil. Um andaime tragicamente desabou sobre ele.

Aos dezoito anos, Antônio resolveu tentar a vida em São Paulo, onde vivia Pedrinho, um primo seu, que trabalhava como garçom. Mas logo percebeu que não seria nada fácil vencer ali sem dinheiro, sem amigos poderosos, sem caminhos. Especialmente após ter feito amizade com Carlinhos, moleque do bairro que não trabalhava, usava *crack* e levaria Antônio para este labirinto.

Sem emprego e já viciado, saiu desesperado em busca de dinheiro para comprar a pedra. No seu trajeto, um salão de beleza. Entrou, colocou a mão sob a camisa e exigiu cinquenta reais. Estava cometendo seu primeiro assalto. Não foi convincente, não obteve o dinheiro e na saída foi preso em flagrante pela PM.

Dois meses depois foi solto num *habeas corpus* pedido pela Defensoria Pública, conseguindo responder ao processo em liberdade.

Passados dois anos, era um homem diferente. Trabalhava como servente de pedreiro e estava muito arrependido. Tornou-se evangélico e conseguiu libertar-se do *crack*. Chega o dia da audiência no fórum e a vítima pede para depor sem ele presente.

Surpreendentemente, o promotor vai até ele na sala em que estava e pergunta se estaria disposto a se explicar para a vítima e de pedir perdão a ela. A felicidade toma conta apesar de tudo e ele responde que é o que mais gostaria que acontecesse.

O promotor convence a vítima a rever sua posição e ela aceita estar presente e se encontrar com Antônio, para ouvi-lo. O mineirinho emociona-se, explica o que se passou em sua vida, pede perdão à vítima e as lágrimas correm em seu rosto copiosamente.

Suas palavras são sinceras. Ele e a vítima, Dona Letícia, abraçam-se e a cena emociona a todos na sala. A juíza, o promotor, a defensora, escrevente, estagiários.

O trauma sofrido pela vítima em virtude do assalto parece ter-se restaurado em grande medida. A prática se inspira na justiça restaurativa, que é instituto ainda embrionário no Brasil, mas muito utilizado na Nova Zelândia, no Canadá, África do Sul e em muitos outros países, onde se busca a aproximação de agressor e agredido por facilitadores da sociedade nos círculos restaurativos, funcionando o juiz como homologador.

A pena foi aplicada e o processo foi julgado, tendo ele recebido o benefício do regime prisional aberto e a sensação do promotor naquele dia foi muito especial, de dever cumprido. Sentiu-se leve, feliz e em paz. Sentiu ter feito justiça.

6. ASSALTO DE *BIKE*

Marcelo vivia em São Paulo há cinco anos. Morava na zona norte, numa casa modesta com sua companheira Kelly. Estavam juntos há dez anos. Vieram para cá de Cariacica e tiveram um casal de filhos.

Ele era torneiro mecânico e ela, atendente de telemarketing. Marcelo estava acabado. Havia sido demitido num corte de pessoal feito na empresa, em função da crise econômica vivida pelo país, lançado numa nuvem de incertezas após o *impeachment* em agosto de 2016, com sucessivos escândalos de corrupção envolvendo o governo federal e seus membros.

Perdido e desesperado, não sabia como iria contar à esposa. A família dependia de seu salário e os números do desemprego eram pornográficos, vislumbrando difícil sua recolocação profissional. Começou a beber. Comprou um revólver calibre 38 na feira do rolo.

Desarvorado, sem rumo, faltando tudo em casa, pegou sua *bike* com a qual se deslocava diariamente e foi a uma lanchonete, pertencente a um português. Estava sempre cheia. Resolveu assaltar. Iria aguardar o movimento diminuir e atacaria o caixa do estabelecimento. Começou a beber cachaça para tomar coragem.

Às tantas, anunciou o assalto, sacando o revólver. Apesar de ver o assaltante trêmulo e nervoso, Manoel resolveu não arriscar, colocando todo o dinheiro do caixa, cheques e *tickets*-refeição numa sacola plástica. A vítima também estava nervosa, apesar de já ter sofrido outros assaltos.

Marcelo pegou a sacola e saiu da lanchonete em direção à sua *bike*, acorrentada a um cadeado num poste próximo dali. Teve dificuldade em se equilibrar na magrela, com sacola, revólver e cachaça na cabeça. Mas aprumou-se e pedalou, pedalou e arrancou dali ladeira abaixo. O coração estava disparado.

Passado o susto inicial, Manoel e os clientes da lanchonete se certificaram que Marcelo não estava mais ali. Foi visto por um cliente saindo com a bicicleta vermelha meio cambaleante.

A vítima resolveu acionar a Polícia pelo 190 e foi prontamente atendido. Por acaso, havia uma viatura bem próxima dali, pois tinha acabado de atender uma ocorrência no bairro, de agressão do marido contra a esposa. Chegando a viatura na lanchonete, Manoel relatou os fatos e descreveu o assaltante, explicando que havia se evadido usando uma bicicleta vermelha.

Os policiais convidaram Manoel a ingressar na viatura para diligenciarem pelas redondezas, pois o roubo tinha acabado de ocorrer. Quanto mais rápido se age, maior a chance de prender o ladrão.

A viatura percorre as ruas do bairro e cinco minutos após, cerca de um quilômetro da lanchonete deparam-se com uma colisão entre dois veículos numa esquina do bairro, que acabava de ocorrer.

Ao lado dos veículos, uma bicicleta vermelha tombada e seu condutor no chão, desmaiado. A seu lado, o revólver e a sacola com o dinheiro roubado da lanchonete. Crime esclarecido.

7. AMOR DE PASSEATA

Depois de muitos anos de uma boa dose de letargia, naquele mês de junho de 2013 respiravam-se ares mais corajosos. Parecia mesmo que um gigante tinha acordado.

O Brasil parecia um vulcão em erupção, com as pessoas dispostas a recuperar o tempo perdido na pasmaceira. O pavio do povo de repente ficou curto e naquele período havia um tema em debate que tomava conta do país: a PEC 37 – um Delegado de Polícia de carreira, Lourival Mendes apresentou esta proposta pretendendo instituir o monopólio da investigação criminal para a Polícia, tema que colocou o MP de todo o país em estado de alerta, pois se aprovada estaria impedido de investigar crimes.

Naquela penúltima semana de junho, o Brasil estaria em campo disputando a Copa das Confederações, competição que antecede a disputa da Copa do Mundo, que seria no Brasil no ano seguinte. Jorge e toda a galera do escritório tinha combinado de ir assistir num bar o jogo Brasil × Itália, num clima de esquenta preparatório para a Copa de 2014.

No entanto, dois dias antes, uma colega sua de faculdade, Marta, do Movimento Basta!, por WhatsApp, praticamente convocou Jorge a participar da grande passeata do dia 22, que o movimento estava organizando, contra a aprovação da PEC

37. A concentração seria defronte ao MASP, local frequente de encontro.

A mobilização estava ganhando força pelas redes sociais, sendo inclusive noticiada pela mídia. Seria no horário do jogo.

Jorge acaba refletindo sobre o chamamento de Marta, muda de ideia e resolve aderir à manifestação, chamando sua galera para participar, abrindo mão do jogo da seleção. Sinal dos novos tempos de amadurecimento da nossa cidadania.

Dois dias antes da passeata, Marta, que vinha mantendo contato há dias com o Movimento do Ministério Público Democrático, ligou para a sede para falar sobre temas importantes referentes à manifestação. Disse estar bem articulada a mobilização das pessoas e o ponto de encontro (MASP), mas disse que estaria ainda indefinida a dinâmica do ato e do trajeto. Obteve sugestão que acabou acolhendo integralmente.

No dia 22, mais de trinta mil pessoas saíram do MASP e se deslocaram em direção ao centro. Dirigiram-se até o edifício-sede do Ministério Público em São Paulo, que foi abraçado simbolicamente pelo povo enquanto era entoado o hino nacional.

Na hora do hino, Márcio, "coxinha" e Alessandra, "mortadela", naquele momento unidos por um mesmo ideal, rostos pintados de verde-amarelo olharam-se com cumplicidade e deram as mãos. Havia um clima de romance no ar. Beijaram-se com paixão, tornando-se surdos para tudo em volta, perdendo a noção do tempo e do espaço. A cidadania também constrói romances e amores.

Três dias depois, a PEC 37 foi rejeitada por 430 votos a 9. A vontade da sociedade foi respeitada.

8. DAVI VENCE GOLIAS

Fábio era excelente aluno no colégio, tendo notas altas em praticamente todas as matérias, o que lhe rendia admiração por parte dos professores e de muitos colegas. Tinha catorze anos, mas parecia ter mais pela maturidade e seriedade de seu discurso.

Era muito estudioso, dedicado e culto. Educado com as pessoas, mas um tanto tímido, tinha dificuldades significativas nos relacionamentos sociais na escola e fora dela. Não tinha tido ainda nenhuma namorada, apesar de admirar e ser encantado por Luciana.

No esporte, gostava de praticar o futebol, basquete e handebol, e como tinha estatura avantajada mas não era especialmente habilidoso, fez uma tentativa como goleiro e se saiu satisfatoriamente. Por falta de outros interessados, foi ficando e ganhou a vaga.

Fábio era torcedor do São Paulo, por onde passaram goleiros que fizeram história, inclusive na seleção brasileira, como Valdir Peres, Zetti e Rogério Ceni. Fábio admirava a elegância e a seriedade de Zetti, procurando imitar seu estilo, apesar das óbvias diferenças entre o futebol de campo e o futebol de salão, que ele jogava na escola.

Havia um campeonato interno entre as diversas classes, que eram classificadas por níveis, entre primeiro e terceiro quadro e

Fábio defenderia seu time (nível terceiro quadro) num jogo oficial contra um time do segundo quadro, que contava com jogadores bem mais habilidosos.

O jogo seria duro e o time de Fábio, que já era limitado tecnicamente, não pôde contar com um dos principais jogadores naquele dia. Tinha pego uma baita gripe. Teriam que jogar muito naquela noite e seria necessária extrema superação para reverter a superioridade da equipe adversária.

O jogo começa, e como previsto, duríssimo. Um massacre contra o time de Fábio, que quase não conseguia ver a cor da bola, que parecia estar incendiada e os jogadores de sua equipe a rifavam inconsequentemente, do que a equipe adversária tirava proveito, estando o tempo todo na área de Fábio, arriscando chutes seguidos.

Fábio defendia uma, duas, três. Começou a ganhar confiança. Defendia bolas normais e bolas difíceis. E outras quase impossíveis. Mostrava uma elasticidade, uma entrega, um espírito de luta estupendo, salvando seu time, que praticamente nada produzia no ataque.

Até que numa rápida reposição de bola, já bem no final do jogo, seu time conseguiu penetrar no campo adversário com a defesa desarmada, e, num contra ataque tão agudo quanto raro, fez 1 × 0. Como diz Muricy Ramalho: a bola pune. O time comemorou o gol como se tivesse conquistado o campeonato.

Restavam poucos minutos e o time de Fábio conseguiu administrar o resultado e venceu o jogo por 1 × 0. Diante do apito final do árbitro, todos correram em direção a Fábio e o abraçaram com entusiasmo e demoradamente. Havia sido aquele um dia de glória dele no esporte, Davi havia vencido o gigante Golias.

9. AS MONTANHAS DE PAPA

Papa partiu animado em mais uma expedição por entre as montanhas. Aquilo para ele era na verdade puro prazer. Tinha grande habilidade em percorrer aquelas formas complexas de relevo.

Ele descendia de italianos, tinha físico avantajado, alto, esguio, forte e musculoso e sempre disposto a enfrentar novos desafios, mesmo os mais difíceis. Estava subindo. A chegada ao ápice acontecia nos grandes montes. Eram aconchegantes, mas ao mesmo tempo, sempre misteriosos. Papa já havia penetrado aquele espaço antes, mas tudo sempre parecia uma novidade, na morfologia perfeita e atraente daquelas elevações.

Por mais que ele já conhecesse tudo aquilo, sentia-se atraído para avançar magneticamente por aquela deliciosa fenda à qual se sentia imantado e que estava menos úmida do que em outras ocasiões.

A superfície dos montes estava especialmente macia, suave, leve. Um convite para ali permanecer por longa jornada, entre eles, ou infiltrado na fenda examinando aquele delicioso líquido que por ali circulava, de cheiro bom e gosto saboroso.

Papa era experiente alpinista. Havia escalado muitas montanhas em sua vida, havia repousado entre montes, penetrado em cavernas úmidas dos mais diversos tamanhos. Os recortes da natureza são fascinantes, todos eles diferentes entre si, atraentes, misteriosos, envolventes, perfumados.

Naquele dia entretanto havia algo especialmente excitante no ar. Uma música misteriosa e secreta que apenas Papa captava. Era sensual, uma espécie de trilha sonora de uma dança do acasalamento. Ele queria se deixar levar e ver onde chegaria.

Mariana era mesmo uma mulher fascinante e irresistível. Seus seios realmente lembravam duas montanhas altas e desafiadoras. Sua pele morena era da cor do pecado, em grande parte recoberta por seus longos cabelos castanhos. Seus lábios, a porta de entrada para o paraíso de seus beijos envolventes.

Tinha cerca de 1,70 metro de pura sensualidade, olhos amendoados com covinhas no rosto. O sorriso fatal e arrebatador. Ela estudava Direito e era pura sensualidade. Mariana tinha movimentos elegantes e suaves. Tinha extrema leveza e doçura no olhar.

Mas ao mesmo tempo era um convite permanente ao pecado, pois os corpos deles dois se misturavam no sexo de uma forma tão intensa, profunda e avassaladora que pareciam se transformar num novo e único corpo. Amavam-se como dois animais, sem limites, sem pudores, devorando-se um ao outro com voracidade indescritível.

Mas ao mesmo tempo a conjugação dos corpos era um movimento poético, pela harmonia dos movimentos sincrônica, os ruídos dramáticos do prazer, as trocas de fluidos corporais.

Parecia que concentravam toda a fome do mundo. Os orgasmos múltiplos, sequenciais, intermináveis e pareciam eles dois epilépticos numa selva, como definiu com precisão Rita Lee.

10. UM HOMEM CHAMADO LUIZ CARLOS

Luiz Carlos morava em São Paulo há cerca de dez anos. Nasceu no Maranhão, filho de família numerosa, veio tentar a vida na pauliceia desvairada. Trabalhava como garçom num restaurante no Bixiga.

Era dia de folga e ele tinha ido ao centro da cidade dar um rolezinho e comprar algo que lhe agradasse. Estava perto da Praça da Sé, quando, de repente percebe um tumulto, um corre-corre e logo surge a Polícia. Assustado, ele também corre.

Um homem o aponta como sendo participante de um assalto junto com outros três homens. Diz a vítima (que Luiz nunca o tinha visto na vida), que os quatro lhe deram uma rasteira, derrubaram-no e levaram o que puderam: relógio, carteira e uma corrente que trazia no pescoço, que havia ganho de sua mãe.

Luiz disse imediatamente ser inocente, que nada tinha a ver com aquilo, que apenas estava passando por ali, e mesmo argumentando nada ter sido encontrado consigo, foi preso em fragrante por ter sido reconhecido pessoalmente pela vítima.

Luiz Carlos não foi bem defendido no processo e acabou condenado a cinco anos e quatro meses de prisão em regime fechado, sendo encaminhado para o Carandiru, onde conheceu Zé Maluco, seu companheiro de cela, um paraibano de cinquenta anos condenado a dezoito anos de prisão por ter assassinado e ocultado o corpo da esposa, que o traiu.

Foram trinta facadas. A história dos crimes que levaram Zé Maluco à cadeia era aparentemente pesada, mas ouvindo atentamente a visão dele, Luiz pôde rever a história e compreender a atitude daquele homem que amava aquela mulher mais que qualquer outro ser neste mundo e a flagrou traindo-o com um inimigo que o odiava.

Luiz afeiçoou-se ao Zé. O novo amigo indicou um advogado, que pôde estudar seu caso com atenção e profundidade e logo conseguiu obter sua progressão para a colônia penal no regime semiaberto. No dia da saída, a despedida dos companheiros de cárcere foi como se fossem amigos há muitos anos.

O advogado foi diligente no caso de Luiz Carlos e após conseguir a progressão penal, começou a organizar o pedido para o regime aberto, já que ele era primário e aquela sua única condenação. Meses depois, Luiz Carlos conseguiu o benefício do regime aberto, recuperando a liberdade.

Ao sentir novamente o cheiro das ruas, o perfume da vida solta, sentiu-se vivo de novo, recuperando a alegria e a esperança. Logo providenciou o envio de alimentos para Zé Maluco e uma carta extensa de agradecimento pelo apoio e amizade.

Seu advogado conseguiu empregá-lo como porteiro num condomínio residencial. Luiz Carlos era de novo um cidadão.

11. SESSÃO DE CINEMA

Desde 28 de dezembro de 1895, com a revolução cultural representada por *Arrivée d'un Train en Gare à la Ciotat*, um filme de um minuto sobre a chegada de um trem, de Auguste e Louis Lumiére, o cinema tem evoluído a cada dia e arrasta multidões às salas de exibição.

As locadoras de filmes deixaram de existir, diante dos *streamings* acessíveis 24 horas por dia pela internet ao alcance dos dedos nas telas dos computadores, monitores de TV ou até nos celulares. Mas os cinemas resistem mais de um século após a grande criação dos geniais irmãos franceses.

Multidões são arrastadas para assistir aos grandes filmes. Chaplin, Hitchcock, Fellini, Brian de Palma, Truffaut, Woody Allen, Kubrick, Spielberg, Spike Lee, Tarantino, Almodovar, Scorsese, Clint Eastwood. Magos da hipnose coletiva, conhecedores da alma humana e suas profundezas e recônditos.

Das lágrimas dos dramas mais trágicos ao riso fácil das comédias hilárias, bem construídas e amarradas, uma microrrepresentação de nossa realidade cotidiana ou ficção científica, sonhos, devaneios.

Rodrigo e Gabriela estão indo assistir ao filme *Perfume de Mulher*, em que Al Pacino interpreta um veterano de guerra americano, que ficou cego em batalha. Rabugento, Slater vive com uma sobrinha e sua família em constante conflito por sua rabugice e, num fim de semana um jovem estudante, Charlie, é contratado como cuidador e se constrói entre eles um vínculo improvável.

Rodrigo emociona-se no cinema ao ver Frank em situações de sua vida real – a atitude de proteção de Frank em relação a Charlie, mais vigorosa até que a de um pai, ao defendê-lo no julgamento do Conselho Disciplinar do Colégio, dando uma lição memorável de ética a todos.

Com a confiança que Charlie demonstra ter na pessoa de Frank ao entregar a ele o volante de uma Ferrari Testarossa. Estava confiando a ele o destino de sua vida, seu futuro.

Gabriela delicia-se com os galanteios e o poder de sedução de Frank, apesar de cego, que tem performance antológica numa cena de tango ao som de *Por una Cabeza*. Com sua capacidade olfativa de discernir os diferentes perfumes das mulheres e assim encantá-las pela sensibilidade. Por sua astúcia e inteligência.

Com seu discurso hábil, maduro. Sua força e segurança apesar das adversidades que sofreu ao longo da vida. A virada que Charlie produziu na vida de Frank, que quis se suicidar mas ao final se tornou um homem melhor.

Rodrigo e Gabriela estão saindo há algumas semanas, são ficantes e ele se aproveita do escurinho do cinema para beijá-la com entusiasmo e suas mãos deslizam pelo corpo da jovem, que também se empolga.

As pipocas fazem parte do cenário oficial da sala do cinema, da grande tela gigante. Até o letreiro indicar THE END. E tudo recomeça. As emoções, as tragédias, os risos e a realidade da vida.

12. VINTE E SEIS MILHÕES

Filho de família rica na Bahia, Feféu foi criado com tudo do bom e do melhor. Seu avô foi coronel produtor de cacau na região de Ilhéus nos tempos áureos. Seu pai, presidente do PVP (Partido da Velha Política) mandava e desmandava na região, sendo homem muito temido.

Feféu tinha como *hobby* jogar damas e ler histórias em quadrinhos, especialmente do Tio Patinhas. Gostava muito de comer e seus pais não impunham limites nem controlavam a qualidade de sua alimentação.

Estudou Direito em Salvador, formou-se advogado e logo lançou-se na política com patrocínio de seu pai e apoio de outros coronéis da região. Elegeu-se Deputado Estadual aos 24 anos pelo PVP e aos 27 seria eleito Deputado Federal e não interromperia os mandatos na Câmara. O Brasil é uma república desde 1889, mas não há limite legal para o número de mandatos seguidos no Poder Legislativo.

Feféu aliou-se a diversos políticos no Estado da Bahia e a nível nacional, de todas as linhas políticas, sempre defendendo a ideia da contribuição para a governabilidade do país.

Seu patrimônio pessoal crescia rapidamente. Foi Secretário de Estado na Bahia, eminência parda política, mas nunca teve protagonismo suficiente para se eleger senador ou governador.

Feféu foi se tornando homem poderoso no esquema de poder do PVP, coordenando uma espécie de departamento de operações estruturadas voltado a captar e gerir dinheiro de propinas do partido.

A tarefa foi se tornando cada dia mais difícil, tendo em vista o controle cada vez mais rigoroso das operações financeiras em bancos, que são rastreáveis e comunicadas ao COAF. O dinheiro vivo é cada vez mais escasso em circulação no Brasil e no mundo.

Feféu pede ajuda à tia Zazá para deixar em sua casa algumas malas. Jamais poderia ela imaginar o conteúdo – dinheiro vivo. E assim, durante semanas a tia permitiu que as malas ficassem em sua casa até que o volume começou a se tornar incômodo.

Feféu teve que encontrar outro local. Foi quando soube que um apartamento de um primo seu, que estava alugado, foi devolvido pelo inquilino. Feféu pediu por empréstimo o imóvel e para lá transportou as malas, sacolas e caixas com a dinheirama.

Feféu ali realizava sua fantasia de infância. Tinha recriado no apartamento o caixa-forte do Tio Patinhas, onde se lambuzava na dinheirama toda, esfregando-se nas cédulas, contando-as e recontando-as. Tinha uma ligação mórbida com o dinheiro.

Eis que o inesperado acontece. A Polícia descobre o esconderijo e tudo é revelado em rede nacional, inclusive suas impressões digitais nas notas. Vinte e seis milhões em dinheiro vivo. Sua prisão foi decretada e Feféu enlouquece na cadeia. Jamais explicou a origem do dinheiro, resumindo-se pateticamente a exigir que o delator se apresentasse. A Polícia venceu.

13. PERDÃO AO BRASIL!

Karlheinz era alemão de Munique e estava em São Paulo havia pouco tempo, ainda sem se ambientar à nova cidade, aos novos hábitos, à nova cultura, muito diferente da europeia.

Karl foi cooptado por uma rede de traficantes de drogas e estava iniciando suas atividades, vendendo-as principalmente para estrangeiros que viviam em São Paulo. Havia um plano de futuramente fazer parte da conexão São Paulo–Berlim e funcionar como "mula", transportando a droga mediante remuneração.

Ainda inseguro na nova atividade, numa noite de agosto, ao ganhar a Avenida Sumaré foi parado numa *blitz*. Não havia ingerido bebida alcoólica, mas evidenciou nervosismo e isto chamou a atenção dos policiais, que resolveram revistar o veículo e encontraram um saco plástico contendo expressiva quantidade de cocaína e vários comprimidos de *ecstasy*.

Desde o momento da prisão, a situação foi ficando complexa, pois Karl não falava português e os policiais não falavam inglês e a comunicação praticamente inexistiu neste momento inicial. Na delegacia, ao receber a ocorrência, o delegado percebeu que tinha nas mãos um abacaxi, pois precisaria acionar um tradutor para assegurar os mínimos direitos de Karl, que precisaria compreender o que estava ocorrendo.

O inquérito evoluiu, foi relatado e encaminhado ao fórum, onde o Ministério Público ofereceu a denúncia criminal – peça acusatória, responsabilizando Karl por tráfico de drogas.

Para a audiência, o juiz tomou as providências necessárias para que os trabalhos pudessem se desenvolver, especialmente comunicando o fato ao Consulado da Alemanha e requisitando tradutor para que Karlheinz pudesse acompanhar cada momento processual da audiência, intervindo quando achasse necessário.

Assim, tudo transcorreu como planejado, sendo ouvidos com vagar os dois policiais que efetuaram a prisão de Karl, assim como o policial que estava realizando a investigação que culminou com sua prisão.

Os relatos foram convergentes, inclusive em relação ao que haviam dito na fase do inquérito. O laudo toxicológico estava no processo, comprovando a materialidade do crime. Faltava ouvir o acusado.

Surpreendentemente, Karl confessou o crime, com total e absoluta riqueza de detalhes, explicando o porquê de tudo aquilo, desde qual o valor que cobrava, para quem vendia, onde vendia e disse que demonstrava grande arrependimento pelo fato em relação ao qual estava sendo responsabilizado.

Tudo caminhava para o desfecho, quando Karl levanta a mão e pede a palavra ao juiz para dizer algo mais. O promotor concorda e o juiz autoriza. Karlheinz surpreende a todos na sala e faz um solene pedido de perdão ao Estado brasileiro pelo trabalho que deu ao gerar aquele processo. Pelo que o processo custou ao país, pelo aborrecimento.

A audiência estava sendo gravada, tudo estava registrado, para surpresa geral e uma dúvida ficou no ar: será que algum dia algum acusado brasileiro já teria feito aquela pergunta em algum fórum? Ou viria a fazer algum dia?

14. A *VIBE* DA PRAIA

O sol preguiçoso vem nascendo devagar e o pessoal de praia já começa a fincar os guarda-sóis que deixam a areia coberta multicolorida. Todas as manhãs é o mesmo ritual durante todo o verão, e Mizael, que trabalha há três anos num *flat* de frente para o mar na Barra da Tijuca, no Rio, cedinho já está na areia instalando os equipamentos para os veranistas. Aproxima-se o dia do Réveillon.

A manhã vai amadurecendo e as pessoas aos poucos vão chegando e vão se acomodando nas cadeiras e esteiras. Os vendedores de comida e bebida também se apresentam e vão disputando seu espaço, vendendo queijo coalho, picolés, amendoim, além de biquínis, chapéus e tudo o que for vendável.

Os banhistas mergulham no mar, como se com ele fizessem amor. As crianças se esbaldam, sempre ficando nítida a sensação que sua adoração pela água está relacionada ao registro de terem vivido em meio líquido protegidas durante nove meses antes de nascer.

Marcos e Patrícia jogam frescobol na beira-mar. Os movimentos são harmoniosos, ritmados e repetidos, conseguindo controlar a bola na pequena superfície da raquete. São em média vinte trocas de bola em cada jogada, evidenciando um bom nível de ambos, que praticam tênis desde a adolescência. Mas naquele momento é puro lazer.

As meninas de Goiânia estavam ansiosas para conhecer o Rio. Karine, Luciana, Juliana e Paula. Todas na faixa dos dezoito aos vinte anos. Biquínis mínimos, deitadas na esteira, expondo seus corpos ao sol de 35 graus. Os moleques passam e olham, elas chamam a atenção.

Os surfistas aproveitam as ondas em suas pranchas cheias de parafina em suas roupas de neoprene, disputando as melhores ondas. Quem sabe um deles pode vir a ser o novo Gabriel Medina?

O vaivém na praia é frenético e a diversão é gratuita e democrática na areia e no mar. O espetáculo do movimento sistemático das ondas, um caso à parte. Os sons poéticos do movimento da água do mar e suas lambidas sempre diferentes na areia.

A subida da maré faz com que o mar avance sobre a areia, obrigando os banhistas a recuarem, relembrando a força suprema da natureza e seu império absoluto.

Simplesmente admirar horas a fio a formação das ondas e seus barulhinhos tão bons, perdendo a noção das horas, pisar na areia branca e macia e sentir esta energia tão forte transmite a vibração do mundo vivo e em movimento. Até o momento sublime do pôr do sol, quando o espetáculo sairá de cena de forma esplêndida e fará um breve intervalo.

Um beijo acontece na praia ao cair da tarde entre Juliana e Kaique, um jovem surfista carioca. Na *vibe* da praia. Um amor de verão.

15. A FILOSOFIA DA ESCOVA DE CABELO

Guilherme espreguiça na cama, esparramado nos macios lençóis de algodão egípcio. O domingo chegou depois de uma semana turbulenta, com muito trabalho, sempre acompanhado de prazerosas recompensas noturnas. A da noite anterior tinha sido a mais especial de todas.

Fazia dois meses que tentava sair com Ana Cláudia, uma alta executiva do mundo da comunicação corporativa e finalmente aquela beldade havia sucumbido ao galã do Itaim. Alto, moreno, biótipo árabe, Guilherme se cuidava e cuidava das mulheres com requintes especiais, sem poupar esforços nem recursos financeiros para suas conquistas.

Ana não dormiu na *penthouse* de Guilherme porque precisava acordar cedo e por isto a rotina foi diferente para ele, sem preparação nem serviço de café na cama como era habitual aos domingos para a primeira-dama da vez. O encontro naquela manhã de domingo seria consigo mesmo.

Tomou sua ducha, escovou os dentes, penteou o cabelo sem pressa com sua velha escova e observou que havia fios do cabelo longo e loiro de Ana Cláudia retidos entre as cerdas da escova, o que lhe trouxe a lembrança do gozo que teve com ela na noite anterior. Que mulher espetacular! Que energia! Que intensidade! Que corpo! Ela era demais.

Ele não costumava prestar atenção naquela velha escova, mas depois de ver os fios de cabelo de Ana Cláudia, notou que havia fios de outros cabelos de outras mulheres. Não conseguiria obviamente discernir cada fio, mas notou fios avermelhados que deveriam ser de Sheila, que tinha estado com ele uns dez dias antes.

Havia fios negros, ondulados, crespos e lisos na escova e aquilo lhe fez refletir sobre o fato que talvez alguma mulher tivesse notado fios de cabelo de outra na escova e tivesse silenciado. Que alguma amiga sua que deixou de procurá-lo ou se tornou inacessível poderia ter se magoado pelas revelações da velha escova de cabelo.

Cuidou então de remover os fios da escova cuidadosamente, deixando-a praticamente nova, virgem. Mas enquanto fazia a limpeza, vinham à sua cabeça as mulheres que haviam passado e que ainda estavam em sua vida, cada uma com suas circunstâncias, sentimentos e realidades.

Ficou pensando na abençoada liberdade que adquiriu ao se divorciar dez anos antes, que lhe permitiu se transformar numa espécie de Casanova dos tempos modernos, dos amores líquidos de Baumann.

Poderia estar com a mulher que quisesse na hora que quisesse sem dar satisfações a ninguém. Passear, viajar, amar, transar, vagabundear. Mas também veio à sua mente a percepção que estas relações que mantinha não eram profundas, não havia raiz sólida.

Era impossível ter tudo ao mesmo tempo, tinha que fazer uma escolha de modelo de vida. O da escova cheia ou o de cada um com sua escova. Lembrou-se de Neruda. As pessoas são livres para as escolhas e reféns de suas consequências.

16. TRIÂNGULO

Leonardo e Flávia eram professores na universidade em Curitiba e estavam casados há quinze anos. Não tinham filhos. Ele lecionava filosofia e ela, psicologia. Amor parceiro construído na juventude. Amor de raiz profunda. Amor maduro, sublimando ciúmes menores e bobos.

Ele era alto e forte, musculoso. Cuidava do corpo fazendo exercícios regularmente e com boa alimentação. Ela, morena magra e esbelta. Cabelos pelos ombros, rosto anguloso, olhar vivo e provocante, pernas compridas, pequenos seios de bicos sempre empinados.

É março. Uma nova turma chega, cheia de sonhos, ideias e novos alunos e alunas. Leo tinha um grande poder de sedução e Paty ficou imediatamente hipnotizada pelo discurso do mestre. O professor detém o conhecimento e a estratégia de comunicação faz toda a diferença. Ele sabia envolver, aliando inteligência, força do discurso, cultura, linguagem corporal e beleza física.

Paty era loira, alta, cabelo pela cintura, tinha grandes olhos verdes e lábios grossos. Pele clara, rosto de princesa com uma beleza estonteante. Tinha biótipo de alemã e no Paraná vivem muitos descendentes de alemães e poloneses. Tinha um olhar profundo de quem não se satisfaz com a liberdade, quer algo que ainda não tem nome.

Havia uma vaga de estágio para auxílio em pesquisas no departamento de filosofia, que era chefiado por Leonardo. Paty imediatamente inscreveu-se. A seleção seria feita através de prova escrita e entrevista e na data marcada, Leo a recebeu com gentileza especial. Flávia tinha o costume de participar dos trabalhos acadêmicos de Leo e estava presente na entrevista.

Paty usava um vestido com decote não muito exagerado. Mas com a suficiente força de perturbar. Da cor creme, com uma suave transparência. Era perceptível o nervosismo da moça, que surpreendentemente excitou Flávia, que já havia captado algo de diferente na troca de olhares entre Leo e Paty.

A jovem estudante foi aprovada e era assídua no cumprimento de seus deveres no estágio, passando longas horas no departamento após o horário normal das aulas com Leo. Mas Flávia sempre encontrava maneiras de se fazer presente, muito mais pela atração por Paty que por ciúmes de Leo. Aliás a atração de Leo por Paty excitava Flávia, de uma forma que a surpreendia. A mente humana é misteriosa e indecifrável.

Numa certa noite, Flávia abordou Paty no departamento e de surpresa disse que não admitiria em hipótese alguma que ela transasse com Leo. Paty levantou-se e veio em direção a Flávia com todo o seu *sex appeal* e sem cerimônia disse a ela que a queria, beijando-a apaixonadamente.

Leo entra na sala, depara-se com a cena, e incrédulo, convida-as para irem para a casa do casal, onde os três fazem amor juntos e sem limites até o dia amanhecer. Nunca mais o triângulo seria desfeito.

17. MÃE DE ASSASSINO

Jonas era pernambucano, pai de três filhos, casado com Marilza, que conheceu em Petrolina, terra natal dos dois. Foi para São Paulo com a família. Dona Josefa, a mãe, foi junto. O pai era já falecido.

Ele trabalhava como motorista de ônibus. Marilza, como empregada doméstica. Josefa morava perto. Dava-se bem com a nora e ajudava a cuidar dos filhos dele, netos dela, a vovó Zefa, como a chamavam carinhosamente. Nos dias de folga, Jonas gostava muito de encontrar os amigos do bairro no Bar do Portuga para jogar dominó, tomar cachaça e colocar a conversa em dia. Era um lazer barato, que divertia, e fazia com que relaxasse das tensões diárias do trânsito de São Paulo.

Jonas era um homem aparentemente cordial, mas seu pavio era curto. E ele, apesar de viver em São Paulo há anos, trouxe um hábito antigo dos tempos de Petrolina. Trazia sempre consigo na bainha uma peixeira para defesa pessoal e era hábil e rápido no manejo da arma.

Um certo dia, um sujeito diferente surgiu no bar e quis participar do jogo, que valia dinheiro. Não havia o hábito de admitir novos jogadores, até porque eles não apareciam. O grupo hesitou, mas aceitou. Jonas não foi com a cara daquele homem desde o princípio, mas nada disse.

Às tantas, depois de algumas cachaças, começou um desentendimento entre um dos jogadores, Tubarão e o sujeito. Jonas resolveu intervir na briga, que foi ganhando vulto e o homem fez menção a sacar de uma arma. Jonas não pagou para ver e mais rápido e com a agilidade de um gato sacou da peixeira e cravou no abdômen do sujeito seguidas vezes, que começou a se desmanchar em sangue. Não se resumiu a conter o ataque do sujeito. Quis matá-lo. Várias pessoas presenciaram o crime, inclusive Neide, a balconista do bar.

Jonas acabou preso e acusado de homicídio qualificado. Foram 25 facadas. Sua mãe era a imagem da desolação, do desespero, da angústia. Seria capaz de qualquer coisa para ver o filho em liberdade. Ofereceu a Marilza suas economias de toda a vida para contratar o melhor advogado para defender seu filho.

Chega o dia da audiência, Jonas é trazido algemado, com aquele uniforme de presidiário, sendo colocado na ponta da mesa, no banco dos réus, diante do juiz que o cumprimenta com seriedade, assim como o promotor. Conversa brevemente com seu advogado e começam os depoimentos das testemunhas, que relatam o que sabem.

Até a chegada de Neide, que visivelmente nervosa reproduz o que viu e quase no final narra que ao subir de elevador minutos antes no fórum, encontrou-se ali com Dona Josefa e esta havia dito que tomasse cuidado, pois se incriminasse seu filho, seria pessoa morta.

Neide puxa o promotor pelo braço até o corredor. Da janela, aponta Josefa, diante do que, sem hesitação, o promotor solicita força policial, desce até a entrada do prédio, onde dá voz de prisão em flagrante a Josefa por coação no curso do processo.

18. O FOGO DO AMOR

Conceição era apaixonada por Maicon. Eram jovens, os dois com dezoito anos e moravam em Embu das Artes. Ele gostava dela, mas não na mesma intensidade. De todo modo, depois de saírem algumas vezes, ele percebeu que ela era virgem e que queria muito se entregar a ele, o que acabou acontecendo.

Maicon pediu-a em namoro, mas aquilo não duraria muito. Ele era um menino muito volúvel e imaturo, nada interessado em ficar amarrado a ela. Queria conhecer outras mulheres. Era mulato, simpático, comunicativo e carismático. Trabalhava numa operadora de TV a cabo.

Ele fez movimentos de esfriamento da relação. Não atendia as ligações dela, não dava a mesma atenção, deixou de ser carinhoso como no início do processo de conquista. Passou a ser frio na cama. Ela começou a perceber, mas nada dizia, fingindo que nada de mais estava acontecendo.

Ele então intensificou as atitudes e num certo dia chegou para ela e disse que estava terminado o namoro. Ela não aceitava, quis entender as razões, insistia, mas ele, irredutível e determinado, se mantinha impávido em seu propósito. Sequer uma nova chance para o namoro Conceição conseguira.

Saiu dali desolada, arrasada. Começou um processo de introspecção, revivendo as cenas da história dos dois para ver onde poderia ter errado. Cada gesto, cada fala, cada momentinho. Não encontrava resposta para aquilo. Onde teria errado? Em momento nenhum supôs que ele não gostasse dela para valer. Tinha que encontrar algum ponto em que ela tivesse errado. Ele não erraria. Considerava-o um ser perfeito.

Os dias foram passando e a indiferença dele a feria de forma mortal. Ele a desprezava. E não era mera impressão. Em mais de uma situação isto tinha ficado evidente. Isto amplificava em grau máximo a dor que Conceição sentia. Ele era tudo para ela. Entregou-se a ele de corpo e alma. Chegou a pensar em tirar a própria vida. Para que continuar a viver sem ele? Nada mais fazia sentido. Tudo ela planejava ao lado dele.

Foram os piores momentos de sua breve vida. Aproximava-se o aniversário dele. Faria dezenove anos e comemoraria no bar que frequentava, jogando bilhar com os amigos. Ela ficou sabendo por acaso, pois um amigo dele, que foi convidado para a celebração estava saindo com uma amiga sua, e lhe contou.

Conceição foi até lá no dia da comemoração, sorrateiramente. Trazia uma sacola. Chegou perto do bar e viu que ele estava lá com os amigos. Foi chegando, chegando. Ele percebeu a presença dela e com um riso amarelo disse ter gostado de vê-la ali. Abraçaram--se. Ele virou de costas para voltar ao jogo e ela pegou na sacola uma garrafa contendo álcool líquido e despejou a garrafa nele. Em seguida riscou um fósforo e o transformou numa tocha humana.

Ela foi presa em flagrante pelo assassinato e condenada a catorze anos de reclusão em regime fechado por homicídio qualificado.

19. NOITE DE BALADA

Noite de sábado. Mês de março, final do verão – homens e mulheres se produzindo para a noite de balada. Os salões de beleza fazendo muitas escovas e maquiagens para deixarem as mulheres lindas para a noite, enaltecendo seus aspectos mais belos, disfarçando e escondendo os desfavoráveis.

A escolha da roupa é fundamental. A cor, o modelo que cai melhor no corpo e enaltece e valoriza as curvas mais virtuosas ou oculta a as inconvenientes. Não há preguiça para os testes, e muitas combinações podem ser verificadas até se chegar à formula ideal que o espelho revela sem meias palavras. Para o bem e para o mal.

Homens também hoje em dia demoram para se produzir. Também investem na estética, na vaidade, na combinação ideal da roupa. Querem estar na sua melhor condição na vitrine social da noite.

Na fila da boate, já começa a troca de olhares, a azaração entre homens e mulheres.

Elas racharam um táxi para poder beber com tranquilidade. Júlia, Roberta e Lívia estavam excitadas e já no carro portavam suas latas de cerveja que trouxeram da casa de Roberta, onde rolou o esquenta. As três estavam na faixa dos trinta anos, executivas de empresas e costumavam sair juntas.

Lívia era a mais atirada, a mais agressiva na abordagem. Se se interessava por um homem, não esperava que ele tomasse a iniciativa. Chegava nele, começava a conversa e logo via se havia ou não jogo ali. Não tinha problema em beijar o homem se quisesse, para ajudá-lo a vencer a timidez.

Ricardo e Sérgio também eram companheiros de balada e costumavam sair juntos. Ricardo, advogado e Sérgio, engenheiro. Sempre bem trajados e com boa conversa, faziam sucesso com as mulheres e competiam sobre quem ficaria com as mais belas.

A atmosfera é de competição, um tanto quanto selvagem. Vale tudo. No bar, nos sofás, na pista, na entrada dos toaletes. Onde houver uma abertura, pode haver uma tentativa.

Bee Gees, Eath, Wind and Fire, Donna Summer continuam vivos e seus *hits* são eternos. A música alta faz todos pularem e se chacoalharem na pista de dança, sempre com um copo na mão.

O efeito do álcool vai se manifestando e os freios morais vão afrouxando. As pessoas vão ficando cada vez mais descaradas e menos exigentes. A pegação vai rolando solta na pista, no balcão do bar, nas mesas.

Às vezes nem se sabe o nome de quem se está beijando. E nem quantas pessoas se beijou ao longo da noite. Ricardo e Lívia se topam no bar, devoram-se com os olhos, o beijo é interminável. Antes de saírem dali juntos, Lívia avisa as amigas que está indo com ele. Terminarão a noite de amor líquido no motel, sem culpas, sem cobranças, sem dramas.

20. FESTA DE CASAMENTO

Cleonice e Pedro estão juntos há quase quatro anos. Conhece-ram-se pelo *facebook*. Cleonice apareceu para ele como sugestão de amizade. Ele adicionou, ela aceitou. Ele puxou conversa, ela correspondeu e dias depois marcaram um primeiro encontro.

Ela gostou dele. Sabia ouvi-la. Calmo, atencioso, e, ao mesmo tempo, tinha atitude. Era um homem firme, de coragem. Gostava de dançar, como ela, de cinema, de música. Era gentil, cavalheiro, sonhador. Faziam planos juntos. Ele era representante comercial de uma empresa de informática e ela, professora. Estavam na faixa dos trinta.

Não demorou o pedido de namoro e seis meses depois ficaram noivos, quando Pedro pediu Cleo em casamento. Foi num jantar romântico no restaurante italiano que ela gostava. O romance se passa em Campo Grande no verão de 2012.

Cleo estava nas nuvens. Sempre sonhou em se casar toda de branco, com alguém que a amasse e que ela amasse. E finalmente estava tudo acontecendo do jeito que ela sempre idealizou.

O casamento seria numa chácara de uma tia, perto de Campo Grande, onde haveria a celebração civil e religiosa. Cleo e Pedro tinham religiões diferentes. Cleo era católica e Pedro, adventista. Era necessário encontrar um ministro religioso que desse conta do pluralismo do casal, ainda que ambos fossem cristãos.

A festa reuniria os parentes deles e amigos mais chegados. Seria uma celebração mais restrita. Cleo escolheu *Carmina Burana* de Carl Orff para tocar no momento de sua chegada ao palco dos acontecimentos.

A noiva estava esplêndida. O noivo elegante, ansioso à espera da amada no altar improvisado para o evento, onde também aguardavam os padrinhos e madrinhas.

Cleo dava o braço para seu pai, Armando, que tinha uma fisionomia de realização e felicidade. Caminharam na passarela toda decorada de flores a passos lentos, pausados. Cleo queria saborear cada microssegundo daquela data. Era o dia mais importante de sua vida. Sua maior conquista.

Fazia questão de olhar nos olhos dos convidados, estabelecendo comunicação individual com cada um, como se pudesse decifrar o pensamento de cada um deles. Acenava com a cabeça e sorria com doçura. Sentia-se uma verdadeira princesa. Queria que aquele percurso até o altar durasse para sempre.

Ao chegar, Pedro tocou em sua mão com amor e ternura e olhou no fundo de seus olhos com verdade. Ela sentiu como nunca a intensidade do amor que ele sentia por ela. Ela retribuiu e o pastor começou a cerimônia.

Falou do sentido e importância do casamento, do que ele representa na vida das pessoas e o que mudaria a partir daquele instante. Muitas pessoas estavam emocionadas.

Quando chegou o momento de pedir o compromisso dos noivos, dizendo as palavras que deveriam repetir, Cleo e Pedro quebraram o protocolo e declararam o amor que sentiam um pelo outro com a voz vinda direto de seus corações, fugindo do discurso programado.

Levaram todos às lágrimas e se beijaram. O pastor os declarou casados. E viveram felizes para sempre.

21. COMER PARA VIVER

Júnior sempre teve tendência à obesidade. E além disso, seus pais nunca se preocuparam em educá-lo na alimentação. Aprendeu a comer de forma desbalanceada e mais tarde é muito difícil acertar isto. Ele estava no Spa havia dois meses.

Era feriado da Proclamação da República, e nestas épocas o Spa geralmente lotava porque muita gente comprava os pacotes de feriado prolongado para fazer uma desintoxicação dos excessos calóricos e ao mesmo tempo buscar um reequilíbrio da forma de alimentação e prática de atividades físicas.

Ana Paula e sua mãe Cláudia estão chegando e, só com microscópio para encontrar alguma gordura em excesso que precise ser perdida. Ana quer relaxar uns dias e a mãe veio fazer-lhe companhia.

Ali se encontra de tudo, desde casos mórbidos em que há necessidade de grande perda de peso visando até intervenção cirúrgica, como o caso de Leonel, que está ali há oito meses e já eliminou 72 kg, como situações cotidianas como a de Júnior ou a de Ana e Cláudia, que vieram apenas relaxar no feriado.

Nas atividades físicas como as caminhadas ou nas aulas de hidroginástica, o empenho parece de atletas olímpicos. Estão treinando para a competição de suas vidas, com extrema garra e determinação. A vida é agora. O caráter imediatista do modo de viver pós-moderno talvez possa explicar aquela dinâmica acelerada.

Depois da saída, rapidamente tudo aquilo que ali se vivenciou pode ficar perdido e esquecido, pois é possível que deixe de fazer parte da lista das prioridades imediatas.

Na mesa, a hora da refeição é momento extremamente especial. O tempo é revalorizado, as refeições são muito mais pausadas, a mastigação é lenta. Até porque a quantidade no prato é menor e é necessário dar extremo valor ao que se tem para comer ali até a próxima refeição.

As pessoas se aproximam, tornam-se mais solidárias, já que estão padecendo da mesma carência alimentar. As histórias e conversas, invariavelmente são sobre comidas, já que são proibidas e povoam os desejos de 10 em cada 10 dos spasianos.

A funcionária, depois de servir o almoço, já no momento da sobremesa aproxima-se de uma mesa em que há pessoas que estão com dietas diferentes. Alguns de seiscentas calorias e outros, de 1200. Os spasianos, propositalmente escondem os cordões com as cores amarela e azul que identificam a dieta, para conseguirem uma sobremesa mais reforçada.

Júnior, que está fazendo a dieta de seiscentas calorias, acaba obtendo uma sobremesa dupla. Come a sua e oferece a segunda para Ana. Está usando as armas de que dispõe para seduzir a moça.

No Spa, as regras de etiqueta se suprimem e tudo se relativiza. É um vale-tudo. Trata-se de uma pequena representação da macroluta pela sobrevivência do dia-dia da vida.

22. AS CORES DA FEIRA

Francineide vem chegando. Uma mulata escultural, que deixa Nicolau fora de prumo. Ele é casado, mas ela mexe com ele. Toda vez que a morena aparece, ele fica virado do avesso. E ela naquela manhã estava de parar o trânsito. Tomara-que-caia branco, shortinho *jeans*, sandália alta, e uma sacola na mão direita para as compras.

Ela vai chegando na banca de Nicolau e ele começa a gaguejar, o coração dispara, ele não consegue disfarçar. Ele é velho de guerra na feira, conhece aquele mundo como ninguém. Leva sempre no grito. "Moça bonita não paga. Mas também não leva. Barato, barato, barato. Vem freguesa, minha fruta é uma beleza".

A garganta é forte, a voz é afiada. Na feira não existe silêncio. O ambiente é agitado e a gritaria é a tônica. Faz parte do *script*. O multicolor das frutas e verduras é entorpecente e a gentileza dos feirantes, inebriante. Se você está triste e se sentindo carente, abandonado, vá até a feira. Os feirantes vão te amar. Mas o amor será fugaz.

É domingo. Janeiro no Rio de Janeiro. Desde as quatro horas da manhã os feirantes começaram a preparar a montagem das barracas para vender verduras, legumes, frutas, queijos, pastéis, peixe fresco, molho de tomate e muito mais.

A feira livre é uma instituição no Brasil. De origens medievais, preserva suas características primitivas e é perfeitamente possível observar nítidos traços da cultura de um país visitando uma feira livre local. Os alimentos, os temperos, as flores, as vestimentas, os comportamentos são reveladores.

É um fascinante mergulho em direção às entranhas históricas de um país, em direção aos hábitos de seu povo, com óbvias variações aqui e ali. Em alguns lugares são os grandes mercados abertos. Mas o conceito é o mesmo.

Teo examina as bancas procurando as melhores frutas e Madureira não perdoa: "Fala, Diretor! O que vamos levar hoje? Cerejas, morangos, framboesas. Temos tudo do bom e do melhor. Só aqui, Diretor".

O cliente na feira é Deus, ele manda. Tem poder de fogo. Pode barganhar. Ali há negociação, diferentemente dos supermercados. E é no mundo todo. Na feira e no mercado se negocia. Sempre. Quem sabe negociar, faz bom negócio.

E quem chega mais tarde paga mais barato, porque o feirante não quer levar nada embora, quer vender tudo e quanto mais se aproxima do momento de partir, os preços vão abaixando mais. Em compensação, o que restou é o que ninguém quis comprar antes. É a xepa da feira.

A feira é mesmo um recorte de tudo. Da vida social, da agricultura, dos hábitos, da cultura, dos amores. Nicolau encaixota tudo. O faturamento foi bom. E tudo recomeçará no dia seguinte, num outro bairro, com novos clientes, com novas histórias. Mas, Francineide, ele só vai ver de novo dali uma semana.

23. CARROSSEL

É domingo de sol em setembro. Sandra prometeu a Bianca que a levaria ao Parque Carrossel. Ela tem nove anos e adora ir ao parque de diversões. Tem verdadeiro fascínio. É um prêmio pelo ótimo desempenho na escola.

Ela escolhe para ir ao parque o vestido mais lindo, marinho, com florezinhas brancas miúdas, que ganhou da avó de aniversário. Bianca é filha única e por isso concentra todos os mimos e carinhos na casa. É o xodozinho. Mas não ficou chatinha por isto, tendo boa dose de inteligência emocional, ótimo relacionamento com as amigas na escola e nos demais círculos sociais.

Ana Paula e Renato estão completando dois meses de namoro e resolvem celebrar a data juntos no Parque Carrossel. Aquele lugar é especial para eles porque foi exatamente ali que se conheceram, que as mãos se tocaram, que trocaram o primeiro beijo no alto da roda gigante.

Bianca chega e vai direto para o carrossel, que ela adora. E monta no Corcel. É seu cavalo preferido, azul, traz as lembranças da fazenda da avó, que ela desde pequena visita nas férias. Ganhou um cavalo e deu-lhe o nome de Corcel. Ela adora a sensação da liberdade de trotar no dorso do animal e faz isto com grande prazer.

A criançada lota o brinquedo e a música compõe a cena poética, com cavalos multicoloridos levando as crianças para deliciosos passeios ao Paraíso. A gritaria é geral. Mas Alfredo, que trabalha no parque há muitos anos tem paciência e organiza a algazarra.

Ana Paula e Renato conseguem lugar na montanha russa. Seguram-se firmes e começa a aventura. Um friozinho na barriga e gritos para afastar o medo. Muita adrenalina. O carrinho fica de cabeça para baixo. Como a vida, muitas vezes, tudo fica assim, de cabeça para baixo, mas depois volta ao normal e tudo fica bem. Entre sustos, gritos e suspiros, salvam-se todos e o casal quer ir para a roda gigante matar a saudade do primeiro encontro.

Abraçadinhos relembram momentos felizes que viveram juntos. Como a vida, a roda gigante tem altos e baixos. Mas naquele instante só as coisas boas ficam em evidência, os beijos são quentes e as mãos de Renato são incontroláveis pelo corpo de Ana Paula, que não quer controlar coisa alguma. O desejo deles é que a roda gire até o dia seguinte.

Bianca quer brincar no jogo das argolas. Cada jogador recebe três delas. É necessário ter boa coordenação motora e na terceira ela é certeira e ganha um lindo urso de pelúcia. Ao recebê-lo, oferece de presente à mãe Sandra, que recebe emocionada num abraço infindável da filha, com lágrimas nos olhos.

24. MEU VELÓRIO

Eu dirigia meu veículo de noite em São Paulo quando um outro carro fora de controle na contramão em alta velocidade colidiu de frente comigo e ambos os motoristas faleceram instantaneamente pelo impacto da colisão.

Rogério, meu melhor amigo tomou as providências necessárias. Como a morte foi violenta, foi necessária perícia no IML e no laudo necroscópico constou que faleci em razão de politraumatismo causado por agente contundente.

A notícia pegou as pessoas de surpresa e Rogério e meu filho Rodrigo avisaram aos amigos a amigas sobre o acontecimento. As reações eram de absoluta incredulidade, proporcional a uma morte nestas circunstâncias não naturais.

Vão chegando ao velório e eu me surpreendo com certas presenças que jamais imaginaria. Gente com quem eu não mantinha contato há muito tempo compareceu e demonstrava tristeza por minha morte. Até certas pessoas com quem eu não me dava ali estavam. Será que queriam pedir perdão antes do corpo descer à sepultura?

Mas eu prestava atenção nos diálogos em algumas rodinhas e notava gente interesseira e oportunista ali também. Na verdade não havia dor nem sentimento nestes, mas fingimento e hipocrisia. Eu que estava ali sem ser visto podia perceber. Quantas revelações e decepções! Faz parte da vida!

Meu filho Rodrigo estava arrasado, chorava muito e eu podia sentir seu sofrimento, sua tristeza. Lygia também estava bem triste. Meu irmão também era a imagem da dor e do sofrimento.

Eu vi amigos e amigas chorando muito que eu não imaginava que tivessem tanto carinho por mim. Fiquei pensando: por que as pessoas não se declaram em vida? Por que deixam a vida passar e só depois da morte é que vão chorar a perda de alguém que amavam? Não é mais natural declarar e fazer gestos enquanto ela está presente? Parece tão obvio e natural, mas na prática é bem complexo.

Havia mulheres que me amaram muito ali também. Algumas haviam declarado e outras nunca tinham dito coisa alguma. Amaram em silêncio, durante anos e anos.

Pessoas que eu admirava muito também ali estavam como Maria Fernanda Cândido, Cris Arcangeli, Modesto Carvalhosa, Flávio Bierrenbach, Roberto Romano, Tite, Ayres Britto, Sérgio Moro e Deltan Dallagnol.

Nunca imaginei que professores que tive, alunos, estagiários, gente com quem me desentendi, adversários políticos do Ministério Público fossem ao meu velório. Mas eles ali estavam. Muita gente. E não parava de chegar mais gente. Apesar do calor e da distância do Cemitério Israelita do Butantã.

Pensei com meus botões que fiz amigos ao longo da vida e tinha muito orgulho da minha caminhada. Fiquei imaginando se tinha como evitar o desfecho fatal – sempre achamos que é possível. Mas a verdade é que não adiantava chorar sobre leite derramado (ou sobre sangue perdido). Eu estava morto e aquilo era irreversível.

Por isso que Gandhi era um homem sábio ao afirmar que devemos valorizar cada dia da vida como se fosse o último. E que devemos ter a humildade de aprender a cada dia como se fosse o primeiro.

25. CRIME PASSIONAL

O júri estava em silêncio, concentrado deliberando sobre a acusação feita a Luiz. O julgamento tinha sido tenso, durou mais de quinze horas e naquele momento haveria a decisão dos sete jurados, que colocaria um ponto final naquele processo, que já durava dois anos.

A acusação era de homicídio qualificado pelo uso de recurso que dificultou a defesa da vítima e isto poderia resultar uma pena de doze a trinta anos para o acusado. No corpo de jurados cinco homens e duas mulheres com a responsabilidade de decidir o destino de Luiz.

Luiz era eletricista e se envolveu com Dinalva, que era casada há quinze anos com Moisés. Mas o casamento vinha em crise e ela era infiel. Conheceu Luiz por acaso no condomínio em que morava. Ele estava ali prestando serviços e se apaixonaram.

Luiz gostou dela e quis assumir a relação. Dinalva percebeu que gostava dele também e pela primeira vez pensou seriamente em romper o casamento e assumir seu romance com o amante. Mas havia muitas coisas em jogo, especialmente, o futuro de Anderson, o filho adolescente que tinha com seu marido.

Dinalva começou a evitar Moisés, fugia do sexo com ele e passou a tratá-lo com frieza e indiferença. Ele percebeu mas não declarou. Começou observá-la.

Percebeu ela diferente nas atitudes, que saía sem dizer para onde, desligando o celular e começou marcar os passos da esposa. Ao mesmo tempo, Luiz não aguentava mais a situação, e, com a anuência de Dinalva, planejou matar Moisés, simulando um assalto.

No dia planejado, quando Moisés saía do trabalho a caminho de casa, já de noite, Luiz abordou-o e efetuou dois disparos que causaram sua morte. Retirou diversos objetos dele como relógio, celular e carteira, para fazer crer que se tratava de um roubo.

O crime veio à tona e a investigação levantou suspeitas em relação a Dinalva, que foi contraditória ao prestar depoimento na Polícia. Após insistir, a investigação chegou em Luiz e, encontrada a arma do crime, foi possível obter o confronto balístico e verificar que daquela arma partiram os disparos fatais.

Luiz negou a autoria do crime mas muitas evidências o incriminaram, gerando seu indiciamento, acusação e prisão preventiva. Respondeu ao processo preso porque se descobriu que tentou intimidar testemunhas e enfim era chegado o momento crucial. Dinalva veio a falecer um ano depois do crime.

Na plateia, familiares de Moisés, de mãos dadas, esperavam ansiosos pelo resultado do julgamento, especialmente Anderson, então com quinze anos de idade. Após cerca de duas horas de discussão o júri decidiu condenar Luiz a doze anos de reclusão, por cinco votos a dois e tão logo terminou a votação, o resultado é transmitido a todos pelo juiz. A sensação foi de alívio e Anderson foi às lágrimas, abraçando o promotor emocionado e disse a ele: você realizou o maior sonho da minha vida: ver punido o assassino de meu pai. Deus lhe pague.

26. 4×3

O clima era muito tenso na cidade para o júri, que seria na Câmara Municipal. Aconteceria lá o julgamento do mandante de um homicídio ocorrido em Embu-Guaçu.

O experiente promotor foi designado para atuar naquele caso, a pedido da jovem promotora substituta. Era um caso complicado pela prova em si, mas além disso, por causa das circunstâncias em torno do julgamento, em que a plenária estava surpreendentemente lotada, apesar de não se tratar de um caso rumoroso nem midiático, nem de estarem ali os familiares da vítima.

Chamando a atenção do promotor o fato, quis saber quem estava lotando a plateia. O oficial de justiça logo trouxe a resposta: eram jagunços do réu, que invadia terras e mandava matar quem se opusesse a seu poder criminoso. E não era só isso. Logo o promotor soube também que os PMs que escoltavam o réu naquele dia (que chegou ao fórum preso) faziam apostas em relação ao placar da absolvição, se seria de 5×2, 6×1 ou 7×0.

Havia certeza da absolvição, imaginando-se que obviamente prevaleceria a impunidade porque os jurados não teriam coragem de condenar um homem daquele grau de periculosidade. Até porque naquele lugar ninguém se sentia protegido pelo Estado.

Mário Silva era um homem muito perigoso e temido, já ostentava mais de setenta anos de condenações por outros homicídios e o julgamento transcorreu num clima de absoluta tensão.

Enquanto o promotor apresentava as provas e demonstrava com clareza as evidências nas quais embasava sua acusação, o defensor simplesmente afirmava que havia dúvida e que na dúvida o melhor seria absolver. Que mesmo ostentando diversas condenações anteriores, isto não significaria certeza de ter ele cometido aquele crime.

O ônus da prova seria de quem acusa e caberia ao promotor provar a acusação, bastando à defesa apontar dúvidas razoáveis. Não precisaria provar que o acusado era inocente. Assim os debates caminharam após serem ouvidas as testemunhas e logo depois houve o interrogatório do acusado.

Na sala secreta, cada um dos os sete jurados recebeu sete cartões com a palavra sim e outros sete com a palavra não. O juiz explicou a eles que no primeiro momento votariam e na sequência haveria o descarte do cartão para conferência posterior. Como a tese da defesa era da negação de autoria, a primeira votação seria decisiva.

Sete cartões introduzidos no saco de pano e ali estava concentrado o desfecho do caso. Anos e anos de trabalho. Se a maioria dos cartões fosse SIM, o réu estaria condenado. Se fosse NÃO, estaria absolvido. Bastava a maioria.

Primeiro voto, NÃO. Segundo, SIM. 1×1. Terceiro, NÃO. Estava 2×1 pela absolvição, e o promotor, tenso. Quarto, SIM. 2×2. Quinto, NÃO. 3×2 pela absolvição e só faltavam mais dois votos. Para que houvesse condenação, eram necessários os dois votos, para a absolvição bastava mais um.

Sexto SIM. 3×3. Sétimo e decisivo voto: SIM. O réu tinha sido condenado por 4×3, contra os prognósticos dos policiais. O juiz estipulou a pena de dezesseis anos e oito meses de reclusão. A sociedade venceu. O promotor foi para casa com a sensação de ter cumprido seu dever.

27. CARNAVAL

Hoje é quinta. Amanhã começa o carnaval. Maria Flávia está fantasiada de baiana. A fantasia é pesada e a logística é complexa para chegar ao sambódromo no Anhembi, mas é a realização de um sonho cultivado há muitos anos, já que pela primeira vez ela vai desfilar pela Dragões da Real, sua escola do coração. Foram muitos ensaios e o samba-enredo está na ponta da língua e agora é colocar coração e ter fé na vitória.

São catorze escolas de samba no grupo especial disputando na avenida metro a metro o título de campeã do ano em São Paulo. No Rio de Janeiro são treze. O som da bateria da escola de samba tem uma força avassaladora, empolga, levanta todos na arquibancada. O desfile é indescritivelmente belo, envolvente, conta a história de um jeito alegre.

São cinco dias da mais absoluta folia, em que tudo vira festa. O Brasil para. É carnaval. É uma catarse e ao mesmo tempo uma grande orgia coletiva em que ninguém pertence a ninguém. Em Salvador, por exemplo, os homens do tradicional bloco dos Filhos de Gandhi trazem dezenas de colares e entregam um para cada mulher que beijam, seja o beijo consentido ou roubado, vale tudo. O marido vira guarda-costas da esposa.

Em Salvador, a propósito, a dinâmica dos trios elétricos é diferente dos desfiles de São Paulo e do Rio. O axé gruda como chiclete e arrasta todo mundo pelos circuitos Barra–Ondina e Morro Grande. Chiclete com Banana, aliás, é um deles. Com Bel Marques no comando. Ivete Sangalo e Cláudia Leitte são estrelas desta festa.

Nos trios, o povo dança na rua, dentro das cordas com os abadás ou nos camarotes vendo a sequência passar. A animação vira a noite, sem hora para acabar, com muita cerveja, sem qualquer preocupação com o desconforto. Atrás do trio elétrico só não vai quem já morreu. E quem não tem dinheiro para comprar ingresso fica na pipoca, do lado de fora, como Zeca e Luana.

Eles se conheceram na avenida, amor de carnaval, ele do Rio e ela de Minas Gerais. Não sabem o que vai acontecer no fim da festa. Mas o que importa? O que interessa é a diversão. Neste momento, eles não querem saber que horas são, em que dia estão, se chove ou não. O que importa é o prazer livre e imediato.

No Rio, os bloquinhos de rua são animados e democráticos. Não exigem abadá e a folia é garantida. Solange e Paulinho também estão na curtição desde sexta. No vira-vira. Ninguém é de ninguém. Na avenida, os problemas são esquecidos, há tréguas. Na quarta-feira de cinzas, vamos ver como é que as coisas ficam. Afinal de contas, o ano só começa depois do carnaval.

28. PROMOTORIA DE JUSTIÇA

Cheguei na promotoria para mais uma jornada. É terça: será dia de atender o público em Juquiá. A oficial de promotoria mantém a ordem para que a sequência de chegada seja respeitada.

Maria é a primeira a ser atendida. Ela é muito simples e comunica-se com extrema dificuldade. Com paciência, peço para, pausadamente, ela explicar seu caso. Com vagar ela diz que o companheiro que assumiu a obrigação de pagar alimentos de 1/3 de salário mínimo por mês para a filha de três anos não vem pagando e não está mais trabalhando com carteira assinada. Peço o endereço do alimentante para enviar a ele uma intimação para comparecer à promotoria.

Dois dias depois, ela retorna à promotoria com uma grande penca de três dúzias de bananas que cultivava no sítio e me oferece como presente, que hesito em receber, mas aceito por perceber que não há má-fé nem exagero naquilo. E porque a recusa àquela pessoa tão humilde poderia ser interpretada como ato de soberba, que poderia macular a imagem do MP.

O atendimento ao público é uma das mais importantes funções do Ministério Público. Por funcionar como radar dos anseios da sociedade, permite ao promotor estabelecer um sentido de prioridade de atuação, o que legitimará sua intervenção, já que o ingresso é por concurso, e não, por eleição.

Nem sempre o atendimento diz respeito a uma orientação ou encaminhamento, propriamente dito. Muitas vezes o promotor atua como se fosse um terapeuta. Foi mais ou menos este o caso de Salete. Desde que se divorciou do marido, vinha tendo sérios problemas com os filhos, que, já adultos, queriam ludibriá-la. Ela foi à promotoria para pedir ao promotor que intimasse os filhos e lhes desse um tranco, uma bronca, uma advertência.

Não muito diferente foi o caso de Raquel, que não conseguia lidar com o filho de dez anos, indomável. Foi à promotoria para entregar o filho ao juiz para adoção. Salete e Raquel estavam querendo me dizer que para elas o promotor pode tudo. Seria espécie de super-herói das histórias em quadrinhos que tem superpoderes e resolveria tudo. Com muito jeito, expliquei até onde o promotor pode ir e o que não lhe cabe fazer.

Sebastiana submete a mim os cálculos do termo de sua rescisão do contrato de trabalho. Naquela época o MP fiscalizava estes temas. Conferi, expliquei com paciência cada item a Sebastiana, uma trabalhadora de pouquíssima instrução.

Ela se sentiu no céu. Ao final, surpreendentemente perguntou-me: quanto devo ao senhor? Respondi: minha senhora, absolutamente nada. É meu dever orientá-la. Os impostos que a senhora paga, remuneram meu trabalho. Ela não entendeu coisa alguma, mas saiu dali feliz.

29. É DANDO QUE SE RECEBE

Fred é empresário. Ele é goiano e muito falante. Tem uma construtora que atua em obras públicas em municípios, fazendo conchavos com prefeitos na região Centro-Oeste e Norte do Brasil.

O esquema é tão simples quanto antigo. Fred apoia financeiramente as campanhas dos candidatos. É um verdadeiro investimento a curto prazo porque ao se sagrarem vencedores, seus apoiados retribuirão, repassando gordos contratos, que supostamente estariam sendo licitados, mas na prática são direcionados a ele.

Tudo é muito bem planejado, inclusive na sua construtora, a ALL THE BEST, onde há um departamento de operações estruturadas, com grande sofisticação de organização de dados e informações, desde valores, forma de pagamento das propinas, moedas aceitas pelos corruptos, agenda de gerenciamento de contatos, planilha de custos oficiais e custos com propina, discriminando o RH da propina, aplicativos, logística. Tudo extremamente profissionalizado, como se o departamento lidasse com objeto lícito.

Fred na mesa de bar com os amigos falava sobre os negócios com desenvoltura e naturalidade, como se as práticas corruptas fossem lícitas. E justificava: mas aquele famoso senador não usa jatinho da FAB para fazer implante capilar? Ele não driblou o oficial de justiça para não ser intimado? No Rio, a assembleia não livrou a cara daqueles três deputados picaretas que a Justiça mandou prender, inclusive o presidente da ALERJ? Por que eu estaria errado?

Naquela semana, conta ele, tinha ganho mais uma licitação para fazer uma obra de reforma de uma estrada em Goiás. Joca pergunta: Mas como você sabe de antemão que será o vencedor da licitação, se teoricamente todos poderão concorrer e teoricamente apresentar propostas melhores que a sua?

Fred explica com naturalidade e sem qualquer peso na consciência: é muito simples. No edital da licitação são inseridas exigências muito específicas que somente minha empresa tem condições de cumprir. Ninguém percebe isto e quando todos se dão conta já era. Um abraço! É o que se chama de licitação dirigida. Ou seja, a lei está sendo violada porque não há competição.

São tantos contratos, tantos serviços, que as pessoas não dão conta de fiscalizar tudo, explica Fred. Mariana rebate: Mas e o Tribunal de Contas? Não percebe isso? Fred gargalha e responde. Não. É tudo muito burocrático.

Semanas após, Mariana, Joca e outros amigos estão reunidos naquele mesmo bar e a televisão anuncia a prisão de diversos agentes públicos numa operação de investigação de corrupção coordenada pelo Ministério Público de Goiás – a Operação Pega Rato. No final da reportagem, é exibida a imagem de Fred preso, perdido e cabisbaixo. O Brasil está mudando.

30. NÃO ESTOU NEM AQUI

Saulo Ali Babá virou uma lenda na política. Infinitas vezes eleito deputado federal, orgulhava-se de dizer que o povo o amava. Que sequer precisava fazer campanha, bastando anunciar ser candidato e seu número, que estaria eleito. E o pior é que mesmo com inúmeros processos na justiça e apesar da fama de desonesto, para o Legislativo era facilmente eleito mesmo.

O fenômeno do político rouba mas faz não é novo. Ademar de Barros ficou assim conhecido e é extremamente preocupante que a sociedade se satisfaça com esta espécie de candidato, o que pode pressupor a perigosa naturalização da corrupção.

Um humorista na televisão criou um personagem num programa em homenagem a ele baseado na negativa de responsabilidade. Não tenho nada a ver com isso. Mas ele ia além e dizia não estou nem aqui.

Ele sempre enfatizou temas da segurança pública. Numa antiga campanha eleitoral queria falar em defesa da vida, contra as altas taxas de homicídios e soltou a pérola: Tá com vontade de estuprar, pode estuprar sem problema. Mas não mata.

Alguns anos atrás ficou famosa uma entrevista sua quando a repórter o entrevistava sobre uma das acusações de desvio de dinheiro público e às tantas indaga a ele: Mas, Sr. Saulo, dois mais dois não é igual a quatro e ele surpreende: depende, minha filha.

Nos tempos mais recentes publicou nas redes sociais uma postagem se dizendo honestíssimo, pois nunca foi mencionado nem na lista do Mensalão nem na lista da Lava Jato diante do que um seguidor seu comentou: Querido Ali Babá, faltou sua consultoria para esta turma da Lava Jato que quebrou a cara. Se os tivesse orientado, eles teriam conseguido escapar.

Sempre teve um esquadrão de advogados o assessorando e sempre escapou da prisão pelas brechas da lei. Pela prescrição, arrastando os processos. Arrolava testemunhas do Azerbaijão, do Quirguistão, do Afeganistão e assim por diante. As pessoas jamais seriam encontradas. Nem existiam. Era estratégia para ganhar tempo. Respondeu a mais de quarenta processos.

Sempre é visto lépido no circuito Cuiabá–Brasília e Brasília–Cuiabá, nem parecendo que tem mais de oitenta e cinco anos. Eis que finalmente e surpreendentemente a justiça determinou sua prisão para que cumprisse uma pena de quase oito anos de prisão.

Lavagem de dinheiro e outros crimes. Parece que desta vez não haveria saída. Seus advogados não encontrariam solução. Ninguém consegue enganar todo o mundo por todo o tempo. Um hora a farra acabaria. E não teve jeito. Ele esperneou, os advogados requereram, mas de nada adiantou.

Passou o Ano Novo na cadeia. Mas sua esposa cumpriu o papel de produzir as pérolas, requerendo sua soltura urgente porque a manutenção da prisão feria o direito dela e dos demais familiares à reunião familiares com o preso Ali Babá. Mas não colou.

31. MESA DE BAR

Uma estupidamente gelada, pede Josias. Hoje estou precisando, anuncia solenemente. Ele frequenta o Bar do Zico em Ipanema há muitos anos e bebe desde a adolescência. Com amigos, com seu irmão Josinaldo, para celebrar seu aniversário, para chorar a tristeza de ter sido corneado, para lamentar a perda de um ente querido.

Naquele bar, Josias viveu muitas emoções. Inclusive alegrias. Lá conheceu Clara em julho de 2014. O Brasil tinha tomado aquela sacudida de 7×1 da Alemanha e o moral estava baixo. Depois de tomar muitas para afogar as mágoas pela decepção decorrente do vexame na copa em *Terra Brasilis*, eis que surge Clarinha. Ela estava com amigas. Vieram participar de uma comemoração de aniversário.

Ao vê-la, Josias até se emocionou. Olha que coisa mais linda, mais cheia de graça, é ela menina que vem e que passa num doce balanço, a caminho do mar. Era a nova versão da garota de Ipanema de Vinícius, só que ainda mais perfeita. Morena, cabelos longos, curvas sinuosas, olhar misterioso. Apaixonou-se por ela instantaneamente.

Nem deu ordem a seu corpo para se aproximar dela – ele foi sozinho. Disse a ela que quando ela havia entrado ali sua luz o atraiu imediatamente. Que o magnetismo foi mais forte que ele, que não tinha controle. Antes que pudesse terminar a frase, Clara o beijou e ele se sentiu o homem mais feliz da face da Terra.

Namoraram por dois anos. Ela trabalhava num banco e foi transferida para a Inglaterra e aí acabou-se o que era doce. Ele foi uma vez para lá, mas logo ela se envolveu com um escocês e aí, já era de vez.

De volta para a mesa do Bar do Zico. O álcool é também uma droga, como todos sabem. Mas é permitida porque a humanidade usa. É secular, milenar. É cultural. É social. É religioso. O vinho, por exemplo, faz parte das celebrações do judaísmo e de outras religiões. O uso do álcool faz parte da Torá, o livro religioso judeu. O cálice com o qual se toma o vinho no Schabat é objeto sagrado. Portanto, é correto afirmar que o bar lida com líquidos preciosos e inclusive sagrados.

Mas atrás das mesas dos bares acontecem crimes. Muitas pessoas têm no bar sua única opção de lazer e ali vivem parte importante da vida e das suas angústias, que ficam às vezes à flor da pele. Foi o que ocorreu numa noite de sábado no Bar do Zico. E a desavença foi por causa de mulher. Um sujeito que não costumava frequentar ali esquentou e sacou de uma pistola que trazia na cintura. Deu três tiros num outro sujeito.

Voou mesa e cadeira para tudo que era lado. Um corre-corre, uma gritaria. Depois de quinze minutos chegou a Polícia. O atirador já tinha corrido dali. Zico, ao ser indagado sobre o que viu, trouxe a velha resposta: Na hora dos tiros tinha abaixado para pegar uma garrafa. Nada viu, nada sabe. Ah se as paredes falasssem!

32. ESPELHO, ESPELHO MEU

Luíza estava há mais de uma hora diante do espelho, testando combinações de cores e roupas. E roupas em diferentes modelos. Fazia caras e bocas, verdadeiras performances dramáticas como se elas influenciassem na definição da decisão crucial a ser tomada naquela noite de sexta-feira de setembro.

Como ir vestida naquele jantar em que estariam tantas *socialites* de peso? Afinal a competição entre as mulheres é especialmente atroz. Ela queria estar bela e arrasadora não para si. Mas para elas. Para arrasar as concorrentes. Queria ser a mais poderosa de todas.

E estava diante de seu grande aliado, o espelho, que não deixava de revelar nada que devesse ser revelado. Às vezes até se perguntava: Ora, para que tanta transparência se neste mundo de hoje todos mentem um tanto. Mas o espelho era implacavelmente sincero.

Rogério também perdia horas e horas diante do espelho. Era vaidoso ao extremo. Cuidava-se. Fazia exercícios e se alimentava de forma consciente e equilibrada. Usava roupas justas. Era algo próximo do que se costuma chamar de metrossexual, que muitos confundem com homossexual.

E como a tecnologia evolui a cada dia, a diferença de idade nem ficava tão evidente graças às frequentes idas ao dermatologista, aos cortes modernos de cabelo, sempre jovial, vestimenta atualizada, e o apoio de cada dia do velho amigo de todas as horas. Aliás, na casa de Rogério havia espelhos em todos os cômodos. Na sala, vários, e espelhos que permitiam ver o corpo todo.

O espelho amplifica os ambientes, mas, ao mesmo tempo instrumentaliza o narcisismo. Levou a bruxa ao ódio máximo ao descobrir que havia mulher mais bela que ela, a angelical Branca de Neve, determinando ao caçador que a matasse e trouxesse o coração da jovem como prova, mas o caçador não conseguiu fazê-lo diante da pureza e meiguice da mocinha, trazendo-lhe falsamente o coração de um animal no lugar do de Branca de Neve.

Assim, o espelho mágico ocupou espaço protagonista na história de Branca de Neve, uma das mais tradicionais e antigas criações para crianças, que ganhou as telas de cinema.

Os espelhos há muito se tornaram objetos essenciais na vida das pessoas. Luíza e Rogério são apenas dois exemplos. Mas a verdade é que no nosso mundo da modernidade líquida de Baumann, do imediatismo e do individualismo, é difícil imaginar hoje em dia uma residência que não disponha de ao menos um espelho. É objeto essencial, quase tão importante quanto o alimento, a água ou o celular. Bom, celular um caso à parte, é assunto para outra crônica.

33. A VIDA DENTRO DE UMA TELA DE CRISTAL

A morena não descola os olhos daquela tela de cristal líquido. Parece extensão de seu corpo. Está indo para a escola, mas sequer presta atenção para atravessar a rua. Não olha para os lados, para cima, para baixo. Nada mais ouve nem vê. Seu mundo se resume àquilo que se passa dentro daquela tela mágica de 12 cm × 6 cm. Tão pequena, fina e poderosa.

Ana Júlia tem quinze anos. Vive em Jampa, o apelido carinhoso de João Pessoa. Tem três irmãos – Ana Lygia, Ana Célia e Antônio. É a caçula, mas já tem seu aparelho de telefonia celular desde os dez. Aliás, ligações telefônicas é o que ele menos faz hoje em dia. Preste atenção: as pessoas dificilmente atendem ligações, dificilmente telefonam. A comunicação acontece pelo WhatsApp, que quando é interrompida por ordem judicial (absurda, porque é absurdo punir vítimas) gera protestos e comoção nacional.

Renato escolhe a mesa na churrascaria e acomoda a família para o almoço de domingo. Estamos em abril. Ivete, sua esposa e as filhas Leila e Lilian vão retocar a maquiagem no toalete. Na volta, conversam brevemente sobre amenidades da semana. Mas tudo isto dura no máximo quinze minutos. Logo cada um dos quatro está abduzido por sua própria tela do seu smartphone, no seu próprio micromundinho digital, no Facebook, Instagram ou no zap-zap.

Não parecem compor uma família. Parecem ser quatro indivíduos sem elo nenhum entre si. Além da modernidade, o individualismo pós-moderno exacerbado potencializa estas situações, distanciando-os ainda mais, esfriando as relações interpessoais, tornando os amores líquidos, os vínculos afetivos efêmeros, o amor um desafio restrito aos corajosos.

Há grupos de amigos que inclusive criaram mecanismos de proteção social anticelular. Ao chegar à mesa, todos depositam o celular no centro, formando uma pirâmide e se faz um pacto de não mexer nos aparelhos durante o encontro. Quem não resistir, paga a conta de todos. A exceção é alguma emergência pessoal ou de trabalho. Há psiquiatras especialistas tratando de pessoas doentes com compulsão pela internet e pelo uso do celular.

O aparelho é na verdade um microcomputador de bolso, pelo qual se acessa a internet, com o que se tem informação instantânea em tempo real, global e referente ao mundo micro de cada perfil nas redes sociais. Quem está com quem, para onde viajou, quem vai ter filho, quem vai casar e até quem faleceu. É. Hoje em dia as pessoas tomam conhecimento dos velórios pelo Facebook, não mais pelo telefone e muito menos pelo obituário do jornal.

Ele funciona também como uma espécie de agência de publicidade individual ou veículo de comunicação. Foi-se o tempo do oligopólio. São milhões de jornalistas, com suas poderosas câmeras nas mãos, 24 horas por dia ligados em todo o planeta.

Não há grupo de mídia que possa concorrer. E os aplicativos permitem que os usuários criem seus próprios conteúdos e construam sua imagem. Ou a destruam. É como a moeda, tem dois lados.

34. PADARIA

Quero dez, bem moreninhos. Me dá seis, branquinhos. O pãozinho francês é o carro-chefe. Mas Manoel, aceso desde as cinco horas das manhã à frente da padaria, seu maior orgulho, sempre inova para agradar a freguesia. Novos tipos de pães, doces, bolos. Salgadinhos.

A Preciosa era seu diamante. Tratava-a como tal. Desde que veio de Portugal para o Brasil, planejou abrir sua própria padaria, economizou, emprestou dinheiro de parentes e começou o negócio com muito sacrifício, no bairro da Liberdade em São Paulo, bairro tradicional da comunidade japonesa, presente na cidade desde 1908.

No início, havia pouco movimento, mas Manoel tratava as pessoas com gentileza cativante, fazia questão de cuidar de cada um para que se sentissem satisfeitos na Preciosa. Tinha memória prestigiosa e registrava o nome dos clientes, identificando-os e com isto construía vínculos fortes, pessoais. O valor disto era ainda maior pelo fato de muitos deles serem de origem nipônica.

A padaria é muito mais que um comércio. É um ponto de encontro, existe um elemento social, as pessoas se fidelizam, passam a frequentar aquela específica padaria para tomar seu café, comer seu pão na chapa. Definitivamente, não há numa padaria a mera comercialização de produtos. A qualidade dos serviços faz a diferença e logo se propagou a imagem positiva de Manoel e da Preciosa.

Dona Yoshigue é uma das freguesas que se tornou *habitué* da Preciosa. Além de ter ficado satisfeita com os produtos e com os serviços, morava na rua debaixo. Esta praticidade também é fundamental, pois é um local que muitas pessoas acessam a pé. Ela está na Preciosa para fazer uma encomenda para a celebração do aniversário do netinho, de três anos. Pediu o bolo, sanduíches de metro, salgadinhos e docinhos para servir aos convidados.

Osvaldo, o padeiro, é cearense, homem de total confiança de Manoel, está lá com ele desde o início, seu braço direito. Criam juntos as novidades, Manoel faz questão de lhe dar participação nos lucros. Ele está muito interessado na nova garçonete, Edilaine, que Manoel contratou para reforçar o atendimento no salão de almoço.

Ela é uma moça bonita, jovem, também nordestina como Osvaldo, nasceu em Juazeiro na Bahia. Sempre maquiada, cabelo arrumado, unhas pintadas, roupas simples, mas sempre combinando. Uma moça elegante. Muito educada, estudou até o final do ensino médio e pretende fazer faculdade para ser enfermeira. É uma moça guerreira. Osvaldo gostou dela e logo puxou conversa, convidando-a para sair com ele para jantar fora.

Apesar da diferença de idade (quinze anos), ela também gostou dele e depois de alguns passeios, aceitou o pedido de namoro. Osvaldo parece que vê passarinho verde todo dia na padaria, faz planos de casamento e Manoel, com certeza será seu padrinho.

35. REUNIÃO DE CONDOMÍNIO

Quero aqui deixar registrada minha reclamação contra o vizinho do 701, que tem estacionado seu veículo, ultrapassando em dez centímetros a faixa amarela que demarca sua vaga na garagem. Peço seja ele notificado sobre esta transgressão para que não mais se repita, sob pena de multa na reincidência, insistia Dinah na assembleia dos condôminos, sendo ela uma das moradoras mais antigas do Condomínio Cacaraú. Cremilda aproveita o embalo, encoraja-se e se queixa que seus vizinhos do 304, recém-casados, emitem ruídos muito altos de noite, o que gera risinhos disfarçados entre os presentes.

Leonard, o síndico há vários mandatos tenta controlar os ânimos, para seguir em frente e tocar a reunião, que tinha pautas importantes para resolver, inclusive o aumento do valor da cota mensal do condomínio, programaço para uma noite de segunda--feira, com altas doses necessárias de paciência e tolerância.

Patrícia e Helmut, o jovem casal do 403, estavam participando pela primeira vez da reunião e tudo para eles era novidade, pois sempre haviam morado em casa. Patrícia indaga por que o condomínio não faz a coleta seletiva de lixo, pensando na sustentabilidade ambiental, deixando os mais antigos com cara de interrogação, incluso o próprio síndico.

A administradora do condomínio intervém para tentar contornar a situação e diz que a sugestão é excelente, que será feito um estudo do custo de implantação das lixeiras e na próxima reunião apresentaria ideia de forma mais elaborada para a análise de todos, o que satisfez Patrícia.

Às tantas, começa a discussão sobre o aumento da cota condominial, e o síndico propõe um aumento de 20%. Aí o pau come geral. Uma gritaria generalizada, todo mundo querendo falar ao mesmo tempo, reclamando que ninguém ali teve tal índice de aumento nos salários, muito menos os aposentados, nos benefícios. O síndico Leonard explica que o condomínio já vinha com o caixa zerado e estava se propondo um reajuste maior que a inflação para que houvesse alguma margem de respiro.

A explicação não é satisfatória, pois no condomínio há sempre quem ache que o síndico está ganhando alguma comissão de fornecedores (e infelizmente muitas vezes elas são oferecidas e aceitas – forma de corrupção privada) e isto torna a discussão acalorada e tensa.

Lineu, um economista de poucas palavras, com ar de intelectual, pede à administradora que faça uma simulação dos valores das cotas do condomínio projetando aumento de 10%, 12%, 15%, 18% e 20%. E pede também uma projeção do aumento dos custos para o ano.

Após alguns minutos de cálculos, a administradora apresenta os números e com eles o debate passa a ter elementos pais sólidos e entre mortos e feridos, todos querendo ter razão, como acontece sempre nestas reuniões, ao final, deliberou-se aumentar o condomínio em 15%, e, se necessário, seria chamada uma assembleia para aprovar verba extra. E então novos barracos, e novas cenas dos próximos capítulos.

36. MENTIRA

Não, não vou mais falar com o Jaime. Assunto encerrado. Ele está riscado da minha vida, diz Sílvia em tom resoluto e decidido de voz conversando com sua prima Priscila, que tinha interesse amoroso no rapaz. Mas não era verdade. Sílvia estava com ele, inclusive. E mentia com naturalidade que impressionava. Parecia até acreditar no que estava dizendo. Seria capaz talvez até de enganar o detector de mentiras.

Seus pais nunca impuseram limites em relação a isto, nunca fizeram questão de enfatizar a importância da verdade como imperativo ético. Aliás, Alfredo e Sônia não se constrangiam em mentir para a filha, passando ela a naturalizar a mentira no seu discurso cotidiano.

Durante o nazismo, Goebbels usou a mentira para construir as bases científicas da propaganda política. E fez isto com o objetivo de demonizar e exterminar os judeus – mente e repete a mentira à exaustão. Será impossível haver forças para neutralizá-la. Sempre sobrará parte da mentira que sobreviveu. E assim ela vai se tornando verdade.

Nos Estados Unidos, um réu jura sobre a Bíblia dizer a verdade antes de prestar seu depoimento. Se mentir, pratica crime de perjúrio e vai para a cadeia. No Brasil, a visão das coisas é outra e isto explica muitas coisas. Um acusado tem aqui o direito à mentira. Está dentro do chamado direito à autodefesa. E isto não gera punição alguma. Ou seja, o direito à mentira é um dos fatores geradores da impunidade brasileira.

A verdade é que ninguém, absolutamente ninguém, diz sempre a verdade. Sempre se diz alguma mentira. Mas há diversas espécies de mentiras, e algumas delas visam amenizar sofrimentos, ocultar doenças, proteger pessoas, acomodar situações complexas, administrar tensões. A falta de má-fé, retira delas o caráter perverso, mudando sua coloração, levando algumas pessoas a denominar de sincericídio o excesso indevido de sinceridade ou verdade.

Era o caso de Vanessa. Sua melhor amiga, Jô, havia engordado e ela não a via há algumas semanas. Ela revê a amiga que pergunta: Amiga você acha que estou muito gorda, e ela fuzila: Nossa, demais. Sem filtro, sem cuidado. A mentira poderia suavizar as coisas nesta situação ou em outras semelhantes, como a de um amigo que não revela doença grave para evitar o agravamento do estado de saúde do doente e mesmo consequências emocionais na família.

Muitas vezes é necessário planejar o tempo exato para trazer certas verdades duras à tona. Isto não faz do planejador um mentiroso.

Rodrigo Caio, zagueiro do São Paulo foi dizer a verdade sobre a marcação indevida de uma falta com advertência do cartão amarelo punindo injustamente o atacante do Corinthians, que geraria suspensão ao rival no próximo jogo na reta final do campeonato Paulista de 2016.

Ele foi execrado por muitos torcedores e por muitos companheiros, que queriam que ele se omitisse, mentindo, e esta infelizmente é a lógica do futebol brasileiro, mentir para cavar faltas indevidas, pênaltis, laterais, escanteios. A regra, hoje, não é o *fair play*, mas quiçá um dia será.

37. ACADEMIA

Eram seis horas e Fabiana já estava chegando para a aula de *spinning*, com *bike* na academia. O grupo era de umas 25 pessoas, e a aula, de quarenta minutos, tinha alto impacto aeróbico. O perfil dos alunos variado entre homens e mulheres, faixa média de 35 anos.

A academia ficava em Moema e Fabiana frequentava praticamente todos os dias. Era uma outra casa sua. Todos lá a conheciam. Simpática, falante, 34 anos, gerente de vendas, era uma típica cliente da FitDay. Ela alternava atividades aeróbicas com musculação, de acordo com a orientação de Gaspar, seu *personal training*. E após o exercício e o banho no vestiário, uma parada na lanchonete para um suco ou um açaí com banana.

Marcos também era *habitué* da FitDay. Advogado, alto, corpo sarado e sotaque marcado do interior – era de São José do Rio Preto. O escritório exigia dele uma rotina extenuante e na academia ele podia liberar a adrenalina. Nadava, fazia boxe e levantava bastante peso. E estava de olho em Fabiana.

Os exercícios físicos, aliados a uma alimentação equilibrada e bem balanceada são fundamentais nos dias de hoje para romper o círculo perverso do sedentarismo e prevenir doenças do coração e do sistema circulatório. Neste sentido, as academias oferecem ambiente propício, pois o fato de todos estarem praticando a atividade gera estímulo.

Hoje em dia, isto ganhou outra dimensão e existe na academia um ambiente social sofisticado. Ela se transformou numa vitrine de cristal em que homens e mulheres querem ver e serem vistos. A sensualidade está à flor da pele, e há um denominador comum entre as pessoas que estão ali: gostam de se cuidar e isto pode aproximá-las no campo sexual e amoroso.

Há exacerbações. Para algumas pessoas, lamentavelmente a vida se resume ao culto ao corpo e nada mais. Não há valores, objetivos nem referências. Única e exclusivamente o culto ao corpo.

E azaração no ar, pois as circunstâncias são propícias para as pessoas se aproximarem, interagirem e foi exatamente o que aconteceu entre Laura e a professora Marisa. Tudo começou nas aulas de Zumba. Laura não faltava. Conversa vai, conversa vem, conseguiu aproximar-se de Marisa, que lhe deu agradável abertura.

Com o WhatsApp dela, estavam conectadas. Hoje estão se relacionando, já há mais de um ano. E participam junto com todos os demais da esperada confraternização de fim de ano da academia. Tem árvore de natal, amigo secreto, comida, bebida e rola baladinha com DJ.

É sempre no comecinho de dezembro e ninguém deixa de comparecer. Isso fortalece e revitaliza permanentemente os vínculos entre os frequentadores da FitDay, que planeja no próximo ano montar uma equipe com os atletas da academia para disputar corridas de rua. E quem aparece na festa, de casal, de mãozinhas dadas, no clima *love is in the air*? Fabiana e Marcos, exatamente. Namorando, apaixonadíssimos. O dono da academia diz que está pensando em mudar o nome para LoveFitDay. A gargalhada é geral.

38. CHURRASCARIA RODÍZIO

Ademar pede duas fatias de picanha ao ponto. Aquela era sua carne favorita e era a preferência nacional. Última quinta de outubro. Dia de reunião da turma da faculdade e aquela churrascaria, a Sukulentu's Grill, virou o point oficial.

Carlinhos adorava quando o pai anunciava que a família iria jantar fora, pois sabia que iriam na Sukulentu's. E ele se deliciava com a variedade de carnes e com o *buffet* de saladas e outros alimentos que ali eram oferecidos. Carlinhos tem quinze anos, está um pouco acima do peso e desde criança sempre gostou muito de comer. Estava no Paraíso porque poderia se servir quantas vezes quisesse.

Muitas famílias frequentam os rodízios de carnes, mas não só. Amigos, casais, grupos e confraternizações são comuns. Este modelo se consolidou. O chamado churrasco em espeto corrido.

Ananias serve espeto de cupim. É um dos novatos na churrascaria. Na hierarquia do rodízio, está na base da pirâmide. É um dos mais rejeitados pelas mesas. Há três grandes grupos. Os da base, os intermediários e os do topo. Cláudio servia coraçãozinho de frango e estava na parte intermediária da pirâmide. Agradava a alguns, outros rejeitavam. Cidão servia picanha e estava no topo, era campeão de audiência. Sempre com a autoestima elevada, sempre requisitado.

Zé Maria está na mesa de Ademar e sempre participa dos jantares. Adora carne. Especialmente rodízio, porque tira a barriga da miséria. Empanturra-se literalmente. Num restaurante rodízio, come-se em quantidade muito maior que em um restaurante à *la carte*, com porções individuais. As pessoas estão pagando um valor fixo e querem extrair todo o proveito possível daquela situação. Comem tudo aquilo a quem têm direito.

Entretanto a chegada dos *sushis* e *sashimis* multicoloridos e menos gordurosos caiu no gosto dos paulistanos e hoje há muito mais restaurantes de comida japonesa que churrascarias em São Paulo, por mais incrível que isto possa parecer. E há elementos lúdicos e românticos na comida japonesa, que o churrasco não preenche.

Carlos, o pai de Carlinhos, via nas reuniões na churrascaria boas oportunidades de reunir a família, já que todos apreciavam muito a carne do churrasco. Há séculos o homem alimenta a família com a carne animal e este ritual vem sobrevivendo, apesar de vir crescendo o número de vegetarianos, com críticas fundadas ao consumo de carne. Mas, culturalmente a carne se mantém como item presente no cardápio das famílias em todo o mundo.

Giba encontra Marina. Eles combinaram de almoçar. Ele solta a pérola: Vamos nos entregar aos prazeres da carne? Ela, toda certinha enrubesce e fuzila-o com ar de reprovação e ele imediatamente rebate: Vamos ao Sukulentu's Grill, amor?

39. FURTO FAMÉLICO

Gilson e Jadson eram amigos de longa data. Foram criados juntos no bairro Cibratel, em Itanhaém. Gilson trabalhava como ajudante de pintor, mas estava desempregado. Quando isto acontecia, tinha frequentes recaídas e era visto caído pelas sarjetas de tanta cachaça.

Isto tornava Gilson especialmente agressivo e quem pagava o preço era sua mulher, Tina, que tinha que segurar as pontas financeiras dentro de casa e ainda por cima apanhava dele. Mas o amava, e por isso não o denunciava, com medo de perdê-lo. Mas a verdade é que a cada dia aquilo estava ficando pior.

Jadson era encanador, mas não trabalhava com carteira assinada. Gostava de tomar seu rabo-de-galo também, mas não chegava ao nível de exagero de Gilson. Ficava alegrinho. Mas gostava muito de jogar baralho e gastava todo o dinheiro no jogo.

As mesas de carteado aconteciam no Bar do Cafu e iam até altas horas. Jogavam truco, caixeta, pôquer, pif-paf, não tinha tempo ruim ali. Valia de tudo. O vício do jogo era uma coisa que fazia parte de seu DNA. Não vivia sem aquilo. Era todo santo sábado. Creuza pedia para ele largar o vício, mas era como falar com uma porta.

O dinheiro faltava, pois ia todo embora no jogo. Mas Gilson e Jadson, de um jeito ou de outro, iam se virando, fazendo bicos, fazendo suas correrias e sobrevivendo.

Num certo domingo, andavam por uma estrada num bairro afastado e viram uma porteira entreaberta e ali uma vaca malhada pastando. Estavam na pior, e não tiveram dúvida, subtraíram o animal para aliviar a situação de ambos.

Abateram a vaca e dividiram a carne em partes iguais, ficando cada um com aproximadamente cem quilos de carne. Gilson conseguiu emprestar um *freezer* de um camarada seu para colocar o produto do crime, mas a ação deixou rastros porque ambos foram vistos adentrando a porteira e depois transportando a carne para o *freezer*, chamando a atenção da vizinhança, em razão do que a carne acabou sendo encontrada e eles processados por furto.

Chega o dia da audiência, as testemunhas são ouvidas e chega o momento dos interrogatórios. Jadson, muito desconfortável com a situação e totalmente sem jeito, admite ao juiz que os dois de fato subtraíram a vaca. Mas que se trataria de uma situação de extrema necessidade, pois estavam sem dinheiro, sem emprego, passando fome e aquela teria sido uma atitude extremada.

O juiz, incrédulo diante da cena pergunta: O senhor quer me dizer que vocês furtaram uma vaca e a transformaram em duzentos quilos de carne para saciar a fome aguda, extrema, inadiável, daquele momento?

A defesa tem o direito de sustentar a tese que quiser, por mais absurda que possa parecer. É o princípio da ampla defesa. O acusado pode até silenciar se quiser. Ao final, cabe ao juiz decidir, interpretando a vontade abstrata da lei ao caso concreto e Gilson e Jadson foram condenados pelo furto qualificado pelo concurso de agentes à pena de dois anos de reclusão.

40. FLORES AMORES

Duas dúzias de rosas colombianas? Para serem entregues até meio-dia? Claro, doutor Pompeu, responde Edinho solícito ao telefone, atendendo um cliente assíduo da floricultura. E um dos mais importantes, pois sempre comprava muitas flores para a esposa Ana, para a amante Tatá, para a filha Taísa, para a secretária, que também era amante, Maíra, para a mãe Josely.

Ele escolhia as flores que queria e fazia a transferência bancária do valor correspondente. E ditava o texto do cartão. Edinho só não poderia errar a destinatária, pois isto poderia gerar grandes problemas e confusões.

Alguns clientes mais antenados faziam suas compras sempre pela internet, então a floricultura investiu na melhoria do *site* para permitir compras *on line*. A gerente Marina estimulou a ideia e isto alavancou as vendas, inclusive permitindo à Flores Amores expandir o universo de seus negócios.

Em tempos de crise, o ramo também sente, mas a grande verdade é que há muito tempo as flores trazem consigo um simbolismo romântico muito forte, avassalador e inebriam as mulheres e mesmo os homens. Sim, porque as mulheres também presenteiam os homens com flores.

E Joaquim, muito astuto, sempre soube manejar este instrumento. Desde o primeiro encontro presenteava a mulher com que fosse sair com flores. Na Flores Amores ele tinha o apelido de Joaquim Dom Juan. A tal ponto que, pela espécie floral que ele fosse adquirir, já se saberia em que fase estava do ritual de sedução e conquista.

A fase inicial era sempre com um ramalhete de lírios, tulipas ou gérberas. Depois, as infalíveis rosas. Normalmente vermelhas, mas às vezes ele encomendava rosas champanhe ou também rosas da cor rosa mesmo. E na fase mais avançada, orquídeas, de todas as espécies e cores.

Mas havia também aqueles clientes que gostavam de comprar flores para enfeitar a própria casa. Antúrios, girassóis, flores silvestres. Edinho gostava de atender os fregueses da floricultura. Até porque normalmente a motivação que os levava até ali era positiva. Para presentear, homenagear, enfeitar etc. Existia, via de regra, uma boa vibração por ali.

Mas, toda regra tem exceção. A Flores Amores também aceitava encomendas para coroas fúnebres. E aí as flores passariam a ser mensageiras da saudade. Mas de uma forma ou de outra, sempre transportando mensagens e carregando simbolismos, com suas cores e perfumes tão variados.

Doutor Pompeu se confundiu e mandou flores para a esposa no dia do aniversário de Tatá. Teve que mandar umas dez dúzias de rosas colombianas para tentar consertar. Inventou mil coisas e até hoje Ana não engoliu muito bem a história, mas continua casada com ele e adora ouvir o som da campainha e o anúncio do porteiro: Flores Amores, encomenda para a senhora.

41. EM NOME DO PAI

Carmosina está ajoelhada sobre uma barra de madeira, as mãos unidas, o olhar concentrado, fervoroso. A igreja está cheia, como costuma estar aos domingos de manhã quando acontecem as celebrações do Padre Inácio, cujos sermões sempre instigam muito. O daquela missa falava sobre o ter × o ser – sobre a ascensão da visão materialista de mundo e a crise de valores éticos e morais.

Carmô, sempre com seu terço à mão, não perde uma missa, colabora financeiramente e gosta muito de atuar na atividade de assistência social da Igreja Católica.

Durante muito tempo havia um grupo no bairro de Carmô que frequentava a igreja. Isabel continua indo, sem tanto compromisso. Mas muitas destas mulheres tornaram-se evangélicas, algumas foram para a Igreja Pentecostal e outras se tornaram Testemunhas de Jeová.

No Brasil, o crescimento das igrejas evangélicas é progressivo, inclusive ocupando o campo político, sendo que há quase duzentos pastores deputados federais hoje no nosso país, que é laico desde 1891, quando se fez a opção pela total separação entre Estado e Igreja, mas apesar disso ainda conserva crucifixos em prédios públicos, como fóruns e outros prédios da justiça.

Astrogildo era sergipano e ateu e ficava revoltado ao ver na televisão a exploração da boa fé das pessoas de pouca instrução, vulneráveis, que acreditam em supostos milagres que algumas igrejas fariam, em nome de Deus, sempre associadas a ajudas financeira, usurpando a teologia da prosperidade, pois percebia que havia gente que acreditava naquilo tudo e tomou conhecimento de histórias de famílias que foram à ruína, doando todos os bens para certas igrejas, sem conseguir reavê-los depois.

E sua revolta aumentava ainda mais quando se falava da imunidade tributária das igrejas no país. Achava absurdamente injusto, especialmente diante das carências sociais, negação de políticas públicas e profundas desigualdades, com sacerdotes tendo luxos de residirem em castelos enquanto o povo que pagava impostos não tinha direito à moradia.

Perto da Igreja dos Milagres localizava-se a pequena sinagoga Shalom (paz, em hebraico), onde o jovem rabino David vinha se destacando por conseguir trazer de volta a juventude aos cultos no Schabat e nas grandes festas. Além disto, David fazia questão de explicar aos presentes, após cada trecho rezado em hebraico, o significado daquela passagem, sempre procurando estabelecer uma contextualização atualizada, que desse nova vida à Torá (livro sagrado judeu – o Antigo Testamento), o que agradava e gerava a sensação de pertencimento e revalorização do judaísmo.

Era tudo muito novo ainda, mas Raquel, judia e Mohamed, muçulmano, encontraram-se por acaso na rua, no ponto do ônibus, gostaram-se e estão namorando. Foi-se o tempo que seria inimaginável esta união. O Brasil, neste sentido, dá exemplo para o mundo.

42. O PAÍS DA CARTEIRADA

Armando vê o veículo estacionado em local proibido e saca o talonário de multas. Ele é "marronzinho" em São Paulo há treze anos. Vive com a esposa e dois filhos num pequeno apartamento no bairro central do Cambuci. Ganha pouco, mas se sente digno por sua função e estufa o peito para dizer que jamais recebeu propina.

Antes que terminasse de preencher a multa por estacionamento proibido, chega o dono do carro, um homem de cerca de sessenta anos, barrigudo, calvo e extremamente prepotente. Chega querendo dar ordens a Armando, querendo obrigá-lo a cancelar autuação.

Como se não bastasse, em tom ainda mais arrogante anuncia: Sou juiz! Armando não se intimida e rebate de imediato: É juiz mas não é Deus. Neste momento então, tendo o sujeito questionada sua autoridade ficou descompensado, enlouquecido, perdeu os poucos limites que ainda tinham sido preservados e passou a ofender o funcionário de forma grotesca e humilhante. Por ter ele simplesmente querido cumprir seu dever.

Na Suécia, uma conduta como esta levaria o sujeito à prisão. Lá, dizer o "você sabe com quem está falando?", tão usual no Brasil, é crime. E dá cadeia. Mas isto não deve estar acontecendo por lá, pois há coisa de uns dois anos desativaram quatro presídios por falta de presidiários.

Entre nós é comum, porque, apesar da clareza solar da Constituição Federal em relação ao princípio da isonomia (igualdade de todos perante a lei), aqui se faz o culto ao camarote, ao privilégio.

É um desafio titânico vencer esta cultura, profundamente enraizada, junto com o patrimonialismo em que o político usa o que é de todos como se fosse seu, como por exemplo um jatinho da FAB para ir com família e amigos assistir a um jogo da seleção, as frotas de carros oficiais sempre renovadas, cujo uso é muito mais vaidade do poder do que um gasto social que se reverte para o bem comum. Enquanto isto, o prefeito de Londres se movimenta no dia-dia de metrô.

Isto explica a dificuldade em derrubar o foro privilegiado, que dá tratamento VIP, escudos para os poderosos. Quando vão a julgamento, esses processos quase nunca punem.

Pois saibam todos vocês que o juiz processou Armando por perdas e danos morais, argumentando ter sido ofendido publicamente.

Este processo lembra o tema do livro de Franz Kafka, que aliás gerou a expressão incorporada à nossa língua – processo kafkiano para nos referirmos a qualquer situação absurda, descabida, sem pé nem cabeça.

Ao final, por mais incrível que isto possa parecer, Armando foi condenado a pagar a indenização ao juiz, evidenciando o tamanho da montanha que o Brasil ainda precisa escalar para chegar aos pés do patamar civilizatório de países como a Suécia.

Epaminondas, um colega de CET, indignado, criou um *crowdfunding*[1], e, em 48 horas o dinheiro necessário para pagar a indenização havia sido captado, pois, apesar de tudo, somos solidários.

---

1. Forma de financiamento coletivo de projetos por plataformas colaborativas via internet, onde cada um oferece o que pode e quer, inclusive em pequenos valores.

43. DIVÓRCIO

Você foi canalha! Quinze anos de anos de casamento e me trocou por esta vagabunda. Luci está alteradíssima e o clima está pesado no processo de divórcio litigioso que ela move contra João. O magistrado Lopes Guimarães pensa: Belo início de maio. Era a primeira segunda-feira daquele mês, conhecido como o mês das noivas.

Tiveram dois filhos, Joãozinho de oito e Luciane, de seis, maiores atingidos pelas consequências das brigas e dos desentendimentos comuns num final de casamento.

Casaram-se apaixonados, tudo cor-de-rosa e curtiram alguns anos o casamento sem filhos. Formaram patrimônio, viajaram, passearam, adoravam a noite. E ao final resolveram ter seus filhos e isto modificou a dinâmica da relação do casal. Não souberam lidar com a nova realidade e o casamento entrou em declínio.

João começou a beber, voltava tarde para casa sem dar explicações. Ela também passou a ter um comportamento diferente, mais frio, tornou-se distante e na intimidade o que era efervescente quase tinha congelado. Não se entendiam mais e começaram a discutir por questões de dinheiro.

Ele saiu de casa e tentou uma mediação para resolver amigavelmente. Mas não evoluía. Formalizou-se a separação de corpos. Ela se sentia doída, machucada. E tudo piorou quando Luci soube que João estava saindo com uma mulher bem mais jovem, a bela estudante Yasmin.

Luci então resolveu radicalizar e contratou um famoso advogado especialista na área e logo anunciou: Quero tirar até as calças dele. Quero pensão para as crianças e para mim. Os bens comigo e não quero meus filhos em companhia desta biscateira. O advogado Meirelles ponderava que era necessário ser mais razoável, mas Luci insistia: Queria uma pensão de 80% dos vencimentos de João.

As discussões nestes processos têm muito pouco de jurídicas. São pirraças, ressentimentos, teimosias, além do objetivo de obter vantagens econômicas. Este cenário caracteriza estas disputas nas Varas de Família em todo o Brasil. São raríssimos os casos em que os casais conseguem fazer a travessia do divórcio de forma civilizada e sobreviver sem maiores danos.

Lopes Guimarães era magistrado ponderado e muito humano. Mas percebeu que aquele caso não seria fácil, mas era resiliente, com fé infinita no ser humano. E resolveu arriscar. Determinou que as demais pessoas saíssem e ali ficaram Luci, João e seus advogados, além da promotora de justiça Vera.

Falou com a voz dos justos, fez um apelo a Luci especialmente invocando os filhos Joãozinho e Luciane. Relembrou o passado positivo do casal e a imagem positiva que deixariam se se entendessem ali.

Sugeriu a solução da guarda compartilhada dos filhos que ficariam em semanas alternadas com o pai e a mãe, que dividiriam em partes iguais as despesas deles já que ambos tinham bons empregos e salários. Férias, feriados e aniversários alternados e patrimônio adquirido durante o casamento dividido por igual. Luci não conteve as lágrimas e aconselhada por Meirelles, assinou o acordo. O amor aos filhos falou mais alto.

44. CHEGOU O VERÃO

A intensidade dos raios do sol é mais forte. A sensação térmica não é mais daquele suave e tépido calorzinho de primavera. Agora é calorão de trinta e cinco graus, as pessoas com pouca roupa, corpos à mostra, alegria no ar, tudo fica mais colorido. É dezembro. Chegou o verão.

Anita esperava ansiosa para estrear o biquíni azul-turquesa novo e já tinha combinado com Tainá que iriam para o Rio passar um final de semana com direito a muita fritura na areia e muito banho de mar. Ela adorava. Parecia que seu sangue entrava em estado de ebulição no verão.

Não queria ir embora da praia. Nem mesmo o lembrete trazido pelo pôr do sol sobre a chegada da noite abalaria aquela amante inveterada do verão e de tudo que ele trazia junto.

Tomás e Jeferson esperavam pela chegada do verão como um tempo de crescimento. Com doze e dez anos eram artesãos no Guarujá e vendiam pulseiras e cintos que eles teciam à vista de todos e com isto ganhavam seu próprio dinheiro, única forma que encontraram para poderem se divertir e consumir como seus amigos.

Eram irmãos e determinados e de tal forma que superaram os *hippies* com os quais aprenderam a produzir as artesanias. Vendiam tudo e chegaram a deixar em consignação nas *surfwears*, onde também eram comercializadas. As meninas davam mole para eles, mas os dois muito inexperientes neste campo não captavam.

Os verões no Guarujá os tornaram empreendedores, o que os fez amadurecer, aprender a gerir o dinheiro e valorizá-lo. Hoje são dois homens de sucesso, com famílias formadas e histórias construídas.

Laila, a promotora de justiça, estava de plantão naquele verão em Santos na área da infância e juventude. Sempre adorou a praia desde criança, que sempre frequentou com sua família.

Sempre teve uma percepção romantizada da praia e do verão na praia. Tinha acabado de ingressar no Ministério Público de São Paulo, vivendo uma espécie de lua de mel com a promotoria. Tudo era lindo e perfeito, mesmo que as quantidades de trabalho fossem bestiais. Vassoura nova varre muito bem, diz o povo.

Era final de expediente, quase horário de ir embora, quando a polícia apresenta um flagrante de ato infracional do adolescente Fernandão, que havia assaltado um casal no Gonzaga. O homem tentou resistir e o adolescente atirou e matou os dois. Latrocínio com duas vítimas. Em pleno verão.

Ela ouviu pacientemente Fernandão, elaborou a representação e requereu sua internação na Fundação Casa, diante da gravidade do caso, que mexeu com ela. Foi sair do fórum quase dez da noite, refletindo sobre tudo aquilo.

Ao trabalhar no MP, Laila pôde lidar com o sistema de saneamento básico social daqueles lugares paradisíacos e vivenciar o lado duro dos problemas que teria de enfrentar e resolver. O verão sempre chegará, mas cada Anita, cada Tomás, cada Jeferson e cada Laila poderá ver cada verão com olhos diferentes. Ou não.

45. E AGORA, JOSÉ?

Novembro de 2016. Brasília. José Roberto, 35 anos, cientista político, é um ativista gaúcho que vive em Porto Alegre, mas naquelas semanas ele tem estado frequentemente em Brasília, representando a Sun, uma ONG que trabalha com o tema da transparência no exercício do poder.

Em discussão, alguns projetos de lei que a Sun considerava importantes, inclusive um conjunto de medidas anticorrupção, que tinha chegado ao Congresso via projeto de iniciativa popular – as Dez Medidas Contra a Corrupção, que tiveram a assinatura de mais de dois milhões e seiscentos mil cidadãos brasileiros e, dentre as medidas propostas, falava-se sobre transparência.

José era afável e simpático, o que lhe garantia bom trânsito dentro do Congresso, num largo espectro político, dialogando com deputados e senadores de diversos dos trinta e cinco partidos, especialmente Michele, uma assessora parlamentar com profundo conhecimento do regimento da Câmara, com a qual, preferências e ligações políticas à parte, tinha diálogos sensatos e informações precisas e confiáveis, o que naquele território era precioso.

O tema em pauta era caixa 2 eleitoral. Por todos os cantos, em todos os lugares o assunto era este. Inclusive porque uma das dez medidas era sua criminalização efetiva e a grande verdade era que, desde que o mundo era mundo, fazia-se campanha com dinheiro não contabilizado como se fosse a coisa mais natural do mundo e obviamente não é.

O caixa 2 torna a campanha um vale-tudo, um jogo opaco, sem lealdade, o dinheiro pode vir do Comando Vermelho ou até da Máfia Russa, vence quem tem mais recursos, que são usados inclusive para a compra de votos. A democracia é ferida brutalmente.

Parecia ultrapassar todos os limites do pudor, mas naquele dia, circulou uma notícia que havia uma articulação de mais de trinta partidos para aprovar anistia a todo e qualquer ato ilícito vinculado a caixa 2 eleitoral. E o pior: em votação secreta, sem prestar contas ao povo, sem transparência, retornando aos tempos pré-Revolução Francesa. Chegou até a circular texto apócrifo da PEC.

Mas o assunto acabou vazando, José Roberto mobilizou as redes sociais, houve reações por parte da sociedade e a ideia da anistia acabou sendo abortada dentro da Câmara, mas, uma semana depois, o projeto das Dez Medidas foi literalmente estraçalhado lá durante a madrugada, sem dó.

Eis que se passa cerca de um ano e José está no Rio, participando da movimentação da sociedade na porta da Assembleia Legislativa, para poder acompanhar a sessão que decidirá o destino de três deputados estaduais afastados pela justiça por corrupção, inclusive o presidente da ALERJ.

José Roberto estava perplexo, mas a verdade era que o presidente da sessão havia impedido o povo de acessar as galerias, criando ambiente secreto, apesar de haver ordem judicial, assegurando-o. E agora, José? Não se permitiu abater, mas não conseguiu entrar. E a ALERJ livrou a cara dos três. Como se aquele prédio não fosse do povo, mas dos políticos.

46. MARIANA

Mariana estava há dois meses trabalhando como motorista, atendendo chamadas de aplicativos onde se cadastrou, após ser demitida da empresa em que atuava. Ela estava feliz porque sempre gostou de dirigir, desde adolescente.

O trânsito de São Paulo era objetivamente estressante, as pessoas intolerantes e impacientes, mas nunca se viu vivendo o personagem de Michael Douglas em *Um Dia de Fúria*. Era equilibrada, com boas doses de humor e tranquilidade. E não perdia o rebolado quando homens faziam gracinhas ou davam cantadas. Saía-se muito bem das situações, demonstrando elevado grau de inteligência emocional.

Eram 8h30 e Mariana recebe um chamado no aplicativo apontando um endereço na região da Avenida Paulista, nos Jardins. É um hotel. Entra um casal no carro, com cheiro de banho. E os dois perfumados. Ela que acionou os serviços: Andressa. Mulher elegantíssima, em torno de quarenta anos, poderosa, linda, negra. Muito bem vestida. E ele uns oito a dez anos mais jovem, também muito elegante, de terno, barba cerrada, óculos, olhar de intelectual.

Dentro do carro, prolonga-se o clima de romance da noite anterior, naquele hotel chique dos jardins. Comunicavam-se pelo olhar, de puro desejo. Poucas palavras. O destino era a Faria Lima. Ela desceu depois de beijá-lo e ele seguiu até o centro, concentrado em silêncio na tela do celular. Ficou curiosa querendo saber se os dois seriam casados, namorados, amantes, ficantes ou se teriam se conhecido na noite anterior.

Mariana era exceção. A maior parte dos condutores que atendem estas chamadas de aplicativos são homens, idade média 35 anos, patamar bem inferior ao dos taxistas. Com os aplicativos, o cenário da mobilidade nas grandes cidades modificou-se, abrindo-se o leque de escolhas para os usuários, com queda de preços dos serviços e reações até violentas de muitos taxistas. Aliás, Mariana quase foi agredida neste contexto. Houve uma chamada falsa que ela foi atender e era um grupo de taxistas que queria vandalizar o carro, mas ela conseguiu escapar.

Era já tarde da noite e Mariana já queria se recolher quando entrou um chamado. Resolveu aceitar, especialmente porque era um trajeto bom, que geraria uma boa receita e além disso o endereço de destino era próximo de sua casa. Uniria o útil ao agradável.

Entram no carro Alex, a esposa grávida e os apetrechos de maternidade, que logo fizeram Mariana perceber que aquela corrida seria especial. O destino era a Maternidade Santa Quitéria, onde nasceria a filha de Alex e Sônia, que se chamaria Lygia.

Sônia está sentindo contrações terríveis. O sofrimento está estampado em seu rosto e rompe-se a bolsa no trajeto. Mariana acelera o máximo que pode naquela tensão que jamais tinha vivido. Ela não consegue simplesmente deixá-los ali e ir, sente-se envolvida na situação, estaciona e junto com Alex fazem a gestante rapidamente ser atendida. Lygia nasceu. E sua mãe está bem. Mariana foi para casa feliz.

47. ATÉ O ÚLTIMO GRÃO DE AREIA

Sônia sai do cinema pensativa naquela tarde de domingo de outono. O filme a fez refletir profundamente sobre a vida. Tinha assistido ao filme alemão *Corra Lola, Corra*, de Tom Tykwer, em que Lola é interpretada por Franka Potente.

Apesar de conter poucos diálogos, deparou-se com a representação bem elaborada de aspectos da parábola da vida cotidiana. Lola vive correndo e a película reconstrói os mesmos acontecimentos que ela experiencia num dia, por outras duas vezes, simulando pequenas alterações na cronologia dos fatos. São frações de segundos ou segundos e toda a cadeia de acontecimentos se modifica e muitos desfechos se modificam. Mostra-se a sequência inicial e as duas novas com as modificações implantadas.

A vida de Sônia era uma grande correria diária contra o tempo, com múltiplos papéis a cumprir e por isso a mensagem transmitida pelo filme calou fundo nela. Ficou pensando como o tempo pode mudar tudo. Pode-se deixar de tomar um avião que cairá, abandonar um local que sofrerá um assalto ou um atentado, escapar de um incêndio. Uma sequência de acontecimentos orientados no tempo poderia mudar tudo. Para o bem ou para o mal.

Fernando corria profissionalmente contra o tempo. Não, ele não era atleta profissional. Era repórter do jornal *O Joio* e o grande desafio de um profissional como Fernando era publicar o "furo" de reportagem, a grande revelação de relevância pública, que impactará na percepção de realidade das pessoas.

Ele era obstinado e desde menino sonhou em ser jornalista. Fazia matérias investigativas, mas precisava trabalhar sempre de olho no relógio, pois se outro colega publicasse antes, o trabalho estaria perdido. Precisava revelar o segredo, trabalhando sempre com ética, antes dos outros.

E naquele dia seria publicada sua grande matéria, revelando um grave esquema de corrupção, que tinha investigado por quase um mês. Envolvia gente do andar de cima e desde o início Fernando recebeu apoio da direção do jornal.

Ficou o dia anterior inteiro tenso preocupado com a possibilidade de sair algo na internet – que revolucionou o jornalismo, trabalhando com a divulgação de tudo em tempo real. Mas deu tudo certo e o "furo" devastador, incendiou Brasília. Era reportagem para prêmio de jornalismo.

Eram cinco horas da manhã e Gabi já estava na piscina treinando. Sonhava em representar o Brasil nos Jogos Panamericanos e sua especialidade era a prova dos cinco mil metros. Precisava ter o índice de tempo para conquistar a vaga na equipe brasileira e a cada semana vinha evoluindo em suas performances em busca de seu grande objetivo.

Mas ela sabia que aquele desafio era complexo, era subir um degrau de cada vez, sem descuidar jamais da alimentação e do preparo físico. Mas sempre de olho no relógio.

A ampulheta ilustra com propriedade o decurso do tempo. Sônia, Fernando e Gabi sabiam disso. Enquanto a areia desce, vive-se, mas depois que o último grão de areia cai, tudo está acabado.

48. CADÊ O RESTO DO MEU OXIGÊNIO?

Januário estava a caminho do encontro com Madureira, que todo mês recebia a taxa de "oxigênio" em nome do Governador Cobrão. O dinheiro estava arrumado em maços de notas de cem reais na mochila. Eram duzentos mil reais e se referiam ao acerto de um contrato da área de saúde – fornecimento de medicamentos.

O contrato era superfaturado e Januário era o homem de confiança da empresa contratada para entregar o dinheiro da propina. Naquele mês, a entrega seria numa lanchonete no bairro de Botafogo e o ritual já vinha se repetindo há mais de um ano.

Neste submundo da corrupção, há uma regra de ouro. A confiança. A palavra. Quem descumpre está proscrito, lista negra, fora do jogo. E é compreensível, pois o que é ilícito é areia movediça, não tem segurança jurídica e se sujeita à lógica do mundo cão, vence o mais forte.

Cobrão confere o dinheiro e logo em seguida recebe Rosa, que sempre apresentava para ele, em primeira mão, as novidades da joalheria. Ele adorava surpreender a mulher com anéis, brincos e colares, que eram pagos em dinheiro vivo. Aquilo fazia ele se sentir poderoso. Ele gostava de vê-la com as joias, ostentando a riqueza.

Roberta era do MPF e integrava a Pega Barata, que investigava as ramificações de sofisticado esquema de propina com desvio de verbas federais destinadas à área da saúde.

Pedrão da Urca, que estava sendo investigado por suas ligações com o líder do tráfico na Rocinha, Jil Mendes e por ligações criminosas com Cobrão, disse ter sido ludibriado por este e resolveu colaborar com o Ministério Público em troca de redução em sua pena.

Com as informações trazidas por Pedrão, o MPF obteve mandados de busca e apreensão para vasculhar diversos endereços de Cobrão. Sua residência, sua casa de praia, sua casa de campo. Foram encontrados mais de três milhões de dólares em dinheiro vivo, sem comprovação da origem, diversos ternos sob medida Louis Vuitton, vinhos caríssimos, joias, documentos que comprovavam fielmente as ligações de Cobrão com as práticas criminosas narradas por Pedrão.

Num outro flanco da investigação, tinha sido quebrado seu sigilo bancário, fiscal e telefônico, com gravação das chamadas. A análise daquelas ligações que antecederam a data da busca e apreensão, evidenciava que Cobrão parecia pressentir que o cerco se fechava, demonstrando nervosismo e muita preocupação. Isto ficou evidente numa conversa em que ele parecia ter recebido menos propina que o valor esperado e gritava: Cadê o resto do meu oxigênio? Do outro lado da linha, a pessoa sem saber o que responder, tentava encerrar o diálogo.

Poucos dias após, Cobrão foi preso e já ostenta mais de sessenta anos de condenações criminais. Pedrão foi beneficiado pela delação premiada, o que reduziu em um terço sua pena e ele está em prisão domiciliar.

49. FOTOGRAFIA

Lili não hesita um segundo, saca sua câmera e clica a imagem do governador, apontando-lhe um fuzil e fazendo mira com olhar truculento. Ela era fotojornalista e estava naquela tarde cobrindo um evento da polícia militar em Minas Gerais.

Muitas fardas e civis poderosos também, incluindo, além do governador, o secretário de Segurança Pública, além de muitos asseclas.

O clique silencioso da máquina fotográfica seria transformado numa hecatombe com ruídos de dimensão de fissura nuclear quando aquela imagem estampou no dia seguinte a primeira página do jornal, assim como do jornal concorrente, que comprou os direitos de exibição da foto.

Lili tinha amizade com o governador, que apontou a arma em sua direção em gesto que talvez nem Freud pudesse explicar. Não havia, obviamente, intenção de disparar nem de ameaçar. Mas voluntariamente e em público ele apontara o fuzil para um jornalista. Havia óbvio interesse público em relação àquela foto, que contribuiu para a construção da imagem pública daquele indivíduo.

Pequim. 1989. Um jovem estudante de apenas dezenove anos posta-se à frente e estanca uma coluna de tanques na Praça da Paz

Celestial. Fez o planeta inteiro, ainda que por instantes, parar para refletir sobre a China.

E a fotografia registrou para sempre a imagem de um gesto de indescritível coragem, daqueles que fazem história. Por isto que se diz que a força de uma imagem pode valer mais que mil palavras. Aquela com certeza valeu por um bilhão de palavras.

Lauro acordou cedo para caminhar na avenida da praia, na Barra da Tijuca. Queria aproveitar a manhã ensolarada, fazendo seu exercício matinal antes do calor insuportável. Eram 7h30 e ele vê numa das mesas de um dos quiosques do trajeto um sujeito obeso, sem camisa sentado de frente para o mar, copo de cerveja na mão e mais dez garrafas já consumidas na sua mesa.

Ele teve que interromper a caminhada para clicar a cena. Afinal dez garrafas de cerveja numa mesa de quiosque às 7h30 da manhã nunca tinha visto na vida. Sempre tinha ouvido a máxima que só se bebe álcool a partir do meio-dia. Tinha que compartilhar aquela imagem no Instagram.

Naquele dia, a foto se espalhou. Dezenas de comentários, memes, a foto foi reproduzida à exaustão num movimento típico da modernidade, a potencialização da força das imagens pelas redes sociais. Até em outros países acabou circulando, em virtude da amplitude do espectro do círculo social de Lauro.

De uma certa forma, o fotógrafo de Pequim, Lili e Lauro, na captura daquelas cenas de coragem, de um lampejo enigmático do poder e da fraqueza infinita diante do álcool numa manhãzinha de sol representaram a humanidade. Foi como se os olhos deles três, naqueles exatos instantes, tivessem sido os olhos de todos por trás daquelas lentes.

50. LEÃO SEM DENTES?

Adalberto era um homem idealista e perseverante, e, fiel a seus princípios e valores, pela quinta vez pedia a nota fiscal referente aos serviços de lavanderia do flat, que havia utilizado.

Da primeira vez trouxeram a cópia de um boleto de pedido de serviços. Adalberto, com paciência e educação, explicou que aquilo não era uma nota fiscal e que insistia no sentido de receber a sua nota fiscal.

Na segunda tentativa, um bate-boca com a funcionária da lavanderia, sugerindo ela em tom descortês que se ele não pagasse, seria descontado de seu salário, o que imediatamente foi rebatido por ele, que enfatizou querer pagar o que devia e que não queria prejudicar ninguém. Só queria sua nota fiscal de trinta e oito reais dos serviços que lhe foram prestados naquele verão no Guarujá.

Não resolvia. Foi à gerência do flat, e tudo ficava do mesmo tamanho. Prometiam que mandariam por correio eletrônico. E nada. Adalberto por um instante parou para pensar se não estava sendo injusto em sua exigência. Mas não encontrava forma alguma para interpretar aquele comportamento que não fosse o óbvio. Era mesmo desonestidade tributária, falta de cultura do respeito à lei.

Adalberto então lembrou-se de Lineu, personagem interpretado com maestria por Marco Nanini no seriado *A Grande Família*. Lineu era um fiscal honesto e incorruptível – um Caxias. Mas ao mesmo tempo, e também por isto, considerado um chato de galochas. Ficou pensando: Será que sou visto por todos como um chato por agir com correção e exigir meus direitos como cidadão? Não daria para ser íntegro e um cara bacana ao mesmo?

Mariá era dentista e estava atendendo seu novo paciente, indicado por um conhecido. Ele refez uma obturação antiga sem perguntar quanto custaria o serviço. Ao final, ao ser perguntada sobre o valor devido, Mariá apresenta a conta: trezentos reais sem recibo e trezentos e sessenta com recibo.

Ela nem disfarçava que sonegava imposto de renda. Nutria verdadeiro ódio por políticos desonestos, o que a levava a afirmar a plenos pulmões que pagava o mínimo de imposto que pudesse, sem se sentir culpada por fraudar o fisco, pois o dinheiro dos tributos seria desviado para bolsos imundos dos ladrões do erário, e ela não queria alimentar estes sanguessugas. Isto tranquilizava totalmente sua consciência e em momento nenhum se sentia violadora da lei.

Diferentemente da França, em que o grau de efetividade da arrecadação tributária é altíssimo, no Brasil sonega-se muito. E por mais que sejam criados programas como o da Nota Fiscal Paulista, em que parte dos tributos geram bônus para o consumidor que exige sua nota, o problema permanece expressivo.

Não se pode esquecer que a lei acaba estimulando o comportamento, pois se o sonegador é pego, basta pagar o tributo e a multa, que a punibilidade criminal deixa de existir. No Brasil, em que se adora levar vantagem em tudo, o pensamento é: vale a pena correr o risco. E isso acontece, mesmo se usando o rei dos animais como símbolo maior da fiscalidade: nem mordida de leão assusta mais sonegador brasileiro.

SOBRE O AUTOR

Depois de quase 27 anos de Ministério Público em São Paulo e mais de vinte de militância anticorrupção, o Promotor de Justiça, professor, palestrante e escritor paulistano Roberto Livianu, pai de Lygia e Rodrigo e filho dos imigrantes judeus Ernest, romeno e Allegra Sylvie, egípcia, publica *50 Tons da Vida*, seu primeiro livro de crônicas, reunindo cinquenta delas ao completar seus cinquenta anos.

Graduado e Doutor em Direito pela Universidade de São Paulo, com a tese *Controle Penal da Corrupção*, Roberto Livianu é Promotor de Justiça no Estado de São Paulo desde 1992, com passagens por diversas cidades do litoral e interior, como Santos, São Vicente, Mongaguá, Itanhaém, Juquiá, Paraguaçu Paulista e Itapecerica da Serra, e em São Paulo, onde atuou na área criminal, no júri e na defesa do patrimônio público.

Destaca-se em sua carreira a Coordenação da Assessoria Especial de Comunicação e Relações Institucionais e do Grupo de Acompanhamento da Informatização do Ministério Público no Gabinete da Procuradoria Geral de Justiça, onde também atuou nas áreas da defesa da Cidadania, Meio Ambiente e Patrimônio Público, de 1997 a 2007.

Livianu hoje atua na Procuradoria de Justiça de Direitos Difusos e Coletivos, especialmente na área da defesa do patrimônio público, desde agosto de 2013 e integra a Diretoria da Associação Paulista do Ministério Público desde 2016 na área de Assuntos Parlamentares e Institucionais.

Presidiu o Movimento do Ministério Público Democrático (MPD), do qual é associado desde 1997, onde idealizou e coordenou diversos debates, seminários e projetos voltados para a formação de lideranças comunitárias e educação em direitos, como Agentes da Cidadania e Viva Comunidade!, dos quais também participa como professor. Foi cofundador e primeiro Secretário-Geral da Federação de Associações de Juízes para a Democracia da América Latina e Caribe, fundada em 2005.

Voz nacional respeitada no campo anticorrupção há muitos anos, o autor idealizou e comandou a fundação em julho de 2015, ao lado de outras 31 pessoas, do Instituto Não Aceito Corrupção, que hoje preside, organismo nacional e apartidário voltado para a pesquisa científica, política pública anticorrupção, educação e mobilização da sociedade, que recebe em 2018 o Prêmio Transparência e Fiscalização Pública, concedido pela Câmara dos Deputados.

Na área da comunicação, idealizou e coordenou sete campanhas nacionais: "Onde Tem Ministério Público, não Tem Mistério" (2004), "Histórias Extraordinárias – Vinte Anos da Lei da Ação Civil Pública" (2005/2006), "Ética" (2007), "Constituição do Brasil Vinte Anos" (2008), "Não Aceito Corrupção" (2012), "#naoaPEC37" (2013) e "Vote Consciente" (2014), além de ter idealizado e coordenado de 2001 a 2011 o Programa de TV Trocando Ideias, do MPD.

Livianu é também Professor nos cursos de pós-graduação das Escolas Superiores do Ministério Público de São Paulo e Mato Grosso do Sul e na Universidade de São Paulo integrou bancas de doutorado e mestrado. Foi Professor de Direito penal de 1994 a 2004 da Universidade Paulista, além de ter coordenado diversos seminários científicos e publicado diversos artigos em revistas jurídicas especializadas e jornais de circulação nacional e palestras por todo o Brasil e na Espanha, Itália, Portugal, Peru e Argentina.

Escreve nos jornais *Folha de S. Paulo* e *O Estado de S. Paulo*, é comentarista do *Jornal da Cultura* e colunista semanal do portal Poder360 e da Rádio Justiça do STF, tendo publicado como autor ou coordenador diversas obras, onde merecem destaque o livro *Corrupção* – (atualmente na terceira edição, lançada em 2018), que teve como matéria-prima sua tese de doutorado na USP, pela Quartier Latin, *48 Visões sobre a Corrupção* (2016) pela mesma editora; MPD – *25 Anos de História Democrática*, Imprensa Oficial (2016); *Vinte Anos da Constituição do Brasil – Ministério Público e Cidadania*, Imprensa Oficial (2008); *Justiça, Cidadania e Democracia*, Imprensa Oficial (2001).

Recebeu em 27 de novembro de 2013, da Câmara Municipal de São Paulo a medalha Anchieta e Diploma de Gratidão da Cidade de São Paulo, ano em que também foi indicado pelo Ministério Público de São Paulo à vaga destinada aos Ministérios Públicos estaduais no Conselho Nacional de Justiça.

Foi reconhecido como um dos dez brasileiros que fizeram a diferença no Brasil em matéria de sustentabilidade empresarial pela defesa da cultura da ética e da transparência, recebendo o Prêmio Sabiá-Laranjeira 2016.

Recebeu o título de benfeitor da humanidade em setembro de 2017, concedido pelo Parlamento Mundial de Segurança e Paz da WPO/ONU pelo trabalho em prol do desenvolvimento de uma sociedade mais justa e pacífica.

Foi agraciado também pela Universidade Internacional Aberta de Venezuela em setembro de 2017 como *Doctor Honoris Causa en Jurisprudencia*.

Título	50 Tons da Vida
Autor	Roberto Livianu
Editor	Plinio Martins Filho
Produção editorial	Aline Sato
Capa	Bruno Bertani (projeto gráfico)
	Fernando Naviskas (Obra: *Pastel de Feira*)
Editoração eletrônica	Camyle Cosentino
Revisão	Ateliê Editorial
Formato	14 x 21 cm
Tipologia	Adobe Caslon Pro
Papel	Cartão Supremo 250 g/m² (capa)
	Luxcream 90 g/m² (miolo)
Número de páginas	120
Impressão e acabamento	Graphium